Bernard Pitter

Der Bürgermeister

Komödie in vier Akten aus der Gegenwart

Bernard Pitter

Der Bürgermeister

Komödie in vier Akten aus der Gegenwart

ISBN/EAN: 9783743353961

Hergestellt in Europa, USA, Kanada, Australien, Japan

Cover: Foto ©Andreas Hilbeck / pixelio.de

Manufactured and distributed by brebook publishing software (www.brebook.com)

Bernard Pitter

Der Bürgermeister

Der Bürgermeister,

Komödie in vier Acten aus der Gegenwart

von

Bernard Pitter.

(Als Manuscript gedruckt.)

Alle Rechte, insbesondere das Recht zur Veranstaltung einer Uebersetzung und der öffentlichen Aufführung vorbehalten.

Prag, 1884.
Im Selbstverlage des Verfassers.

Druck von Heinr. Mercy in Prag.

Personen.

JUDr. Theodor Lebrecht, Advocat, Bürgermeister, Obmann der Bezirksvertretung, Landtags- und Reichsrathsabgeordneter.

Elise Lebrecht, dessen Ehegattin.

Egmont Lebrecht, Beider Sohn, MUDr. und praktischer Arzt.

Fritz Zörner, JUDr. und Kanzleidirector des Advocaten Dr. Lebrecht.

Erster Schreiber
Zweiter Schreiber } in der Advocatenkanzlei des Dr. Lebrecht.

Balthasar Mayer, Haus- und Kanzleidiener des Dr. Lebrecht.

Wenzl Mallich, genannt „Onkel Wenzl," Herausgeber und Redacteur der Stadtzeitung „Der Anzeiger und Hopfenbau-Zeitung", verwitwet.

Emma Mallich, dessen Tochter.

Hubertus Wellerberg, MUDr. und praktischer Arzt.

Caroline Wellerberg, dessen Gattin.

Helene Wellerberg, Beider Tochter.

Heinrich Troft, Diener der Familie Wellerberg.

Susanna Wahr, Confectionärin.

Therese, Stubenmädchen bei Mallich.

Erster Stadtrath, Zweiter Stadtrath, der k. k. Landesgerichtsrath, der k. k. Staatsanwalt, ein Gerichtsdiener, mehre männliche und weibliche Hopfenpflücker.

Zeit der Handlung: Gegenwart.

Ort der Handlung: Eine größere Stadt im nordwestlichen Böhmen mit vorwiegend Hopfenbau treibender Bevölkerung. — Sitz eines Kreisgerichtes.

Erster Act.

(Freie Gegend, auf einem Hopfenacker sitzen in einer aus Hopfenranken gebildeten Laube mehr im Hintergrunde der Bühne mehre Männer und Frauenzimmer mit Hopfenpflücken beschäftigt; die Hopfenflur gehört dem Med. Dr. Wellerberg, dessen Gattin Caroline und Tochter Helene in Mitte der Hopfenpflücker sitzen und gleichfalls mit dem Hopfenpflücken beschäftigt sind.)

1. Scene.

Die Hopfenpflücker singen im Chore, während sie arbeiten.

1. Strophe.

Wir pflücken rasch und munter
Des Heimatlandes gold'ne Frucht.
Schon neigt die Sonne unter
Versinkend in der Berge Flucht.

Wiederholung: Wir pflücken rasch und munter
Des Heimatlandes gold'ne Frucht.

2. Strophe.

Der Landmann pflegt im Schweiße
Gar kundig und besorgt die Flur,
Erhofft zu seinem Fleiße
Des Himmels Segen der Natur.

Wiederholung: Wir pflücken rasch und munter
Des Heimatlandes gold'ne Frucht.

Helene ist während des Gesanges wiederholt in Gedanken versunken, läßt die Arbeit ruhen und blickt wiederholt seitwärts, als ob sie Jemanden erwarte. Die Mutter betrachtet sie ab und zu mit ängstlicher Besorgniß und als der Chor geendet, erhebt sich die Mutter von ihrem Sitze und stellt ihren Pflückerkorb seitwärts.

Caroline Wellerberg.

Nun sei für heute das Tagewerk vollbracht, die Sonne brannte heiß. (Zu den Arbeitern gewendet): Tragt die Körbe dorthin zu den anderen (auf seitwärts stehende mit Hopfen gefüllte

Körbe deutend) und wartet, bis der Wagen aus der Stadt angekommen sein wird, mit welchem die Körbe mit dem gepflückten Hopfen in die Stadt geführt werden.

(Die Arbeiter entfernen sich mit den Körben links, nachdem Helene ihren Korb einem Arbeiter übergeben hatte.)

2. Scene.
Caroline Wellerberg und ihre Tochter Helene.

(Helene war während des Abgehens der Arbeiter nach rechts getreten und blickt sinnend nach einem Fußwege hinaus.)

Caroline.

Helene! mein Kind — fasse und sammle Dich doch, wo soll das hinaus, schon während der Arbeit saßest Du wiederholt gedankenvoll und träumend da; Deine Zerstreutheit erregt bereits allenthalben die Aufmerksamkeit der Leute, sonst war das anders; Du warst so munter und heiter, die Arbeit ging Dir spielend von der Hand, Deine Plaudereien waren so anregend und erfreuten Alle, welche Dich umgaben. Wie wußtest Du des Vaters Sorge und Unruhe zu verscheuchen, wenn er von den Besuchen seiner Kranken oder aus dem Club seiner Partei nach Hause kam. Du warst der freundliche Kobold überall. Seit einiger Zeit ist dies nun ganz anders geworden. Wohin soll das führen, mein Kind! Die Sorge um Dich bedrückt mich und kummervoll ist mein Herz.

Helene (wendet sich rasch zu ihrer Mutter, schließt sie in ihre Arme und ist tief ergriffen).

O meine Mutter, wie gut, wie lieb Du bist! Vergib mir, wenn mein Benehmen Dir Unruhe und Besorgniß verursacht. Mutter, Du kennst ja meinen Schmerz, Du weißt, was mich so tief bewegt; ich habe vor Dir kein Geheimniß, mein Thun und Lassen — mein Herz — liegt offen vor Dir. Du weißt, wie ich ihn liebe, wie Er allein und ganz mein Herz erfüllt. Auch er, er liebt mich so wahr und aufrichtig — und doch sollen wir uns meiden, ein böses Verhängniß stellt sich zwischen uns und da soll ich nicht traurig sein? Kann das Auge in Frohsinn leuchten, der Geist in heiterer Anregung sich ergehen, wenn das Herz trauert? wenn das Herz vor Jammer bricht?

Caroline.

Beruhige Dich, meine Tochter, ich verstehe und würdige Deinen Schmerz, Deinen Kummer! Egmont ist ein liebenswürdiger junger Mann, ein edelmüthiger Charakter, er liebt Dich wie Du ihn. Egmont hat seine Studien mit großem Erfolge beendet und verspricht wie Dein Vater ein tüchtiger praktischer Arzt zu werden. Der Vater schätzt den jungen Doctor wegen seiner gediegenen Kenntnisse und noch mehr wegen seines festen, edlen Charakters. Indeß er ist der Sohn seines größten Feindes, des Bürgermeisters Dr. Lebrecht. Dieser verfolgt Deinen Vater seit vielen Jahren mit Haß und Feindschaft, weil Dein Vater sich von der Partei des Bürgermeisters in der Gemeindevertretung losgesagt und der Gegenpartei sich angeschlossen hat. Der Bürgermeister hat Deinem Vater viel Leid und Verdruß verursacht; auch geschadet in seinem Berufe, wo er nur konnte. An eine Versöhnung ist nicht zu denken und darum, mein Kind, fasse Dich und bekämpfe Dein Herz, welches doch zunächst Deinen Eltern gehört.

Helene.

Ja, Mutter, ich habe den Vater wie Dich so lieb; aber auch Egmont liebe ich, meine Gedanken sind bei ihm, was ich auch immer thue. Was kümmern mich und Egmont die Streitigkeiten in der Gemeinde, was die Fehden zwischen den Vätern. Soll die Feindschaft der Väter auch auf die Kinder übergehen, sollen die Kinder sich nicht lieben dürfen, wenn die Väter feindlich einander gegenüberstehen? Ich will und muß dem Vater meine Liebe zu Egmont bekennen, noch ahnt er sie nicht einmal. Sein Herz ist so gut, er wird mir darum nicht zürnen. Du meine Mutter wirst mir zur Seite stehen und den Vater zur Nachsicht und Milde stimmen.

Caroline.

Tröste und sammle Dich, mein Kind! Es kann ja Alles noch zum Besten sich wenden. Nur wache über Deine Gefühle zu Egmont, entdecke sie nur jetzt nicht dem Vater, es würde ihm sein ohnehin erregtes Gemüth noch mehr verstimmen. Du weißt, in den nächsten Tagen sind die Gemeindeausschuß=wahlen, beide Parteien stehen einander schroff gegenüber und lassen kein Mittel unbenützt, welches ihrem Zwecke dienen könnte. Jede Partei kämpft mit allen Mitteln, um obean zu gelangen. Sammle Dich daher nur jetzt, mein Kind, habe Schonung mit dem Vater; kommt Zeit, kommt Rath.

(Helene geht etwas nach links und blickt auf einen Thalweg hinaus.)

Du erwartest Jemanden, wie es scheint; denn immer wieder blickest Du dahinaus nach dem Thalwege, welcher durch die Fluren zur Stadt führt. Geh dort nach links zu dem Wagen, welcher, wie ich wahrnehme (nach links hinaus=blickend) bereits aus der Stadt angekommen ist und dort oben am Ende der Flur steht. Sieh zu, ob die Arbeitsleute den gepflückten Hopfen und die Geräthe bereits aufgeladen haben. Wenn sie fertig sind, sollen sie nur auf der Straße mit dem Wagen in die Stadt nach Hause fahren. Wir folgen ihnen.

Helene.

Wo er heute nur so lange bleibt? Du hattest Recht, Mutter, wenn Du annahmst, daß ich Jemanden erwarte. Egmont ließ mir sagen, daß er heute Abends mit Dr. Zörner, seinem Freunde, zu uns auf die Flur herauskommen werde und daß sie uns dann nach Hause begleiten werden. Es wird ihm doch nichts Uebles begegnet sein. Mir ist gar so bange, so ängstlich zu Muthe; mir ist, als schwebe ein Unheil über mir. Mutter! ich will gehen, um Deinen Auftrag zu voll=ziehen. (Im Abgehen.) Ah' da sehe ich den Vetter Mallich auf dem Thalwege längs des Baches allein herankommen; er lenkt seine Schritte hierher auf unsere Flur, der abscheu=liche Mensch! den ich fürchte, den ich unbewußt ebenso hasse, wie ich seine Tochter Emma achte und als meine beste Freundin verehre. (Geht nach rechts seitwärts ab.)

3. Scene.

Caroline Wellerberg allein, der Tochter nachblickend.

Das gute Kind! es ergreift mich tief, mein einziges Kind unglücklich zu wissen. Egmont ist ihrer Liebe würdig. Soll das Glück dieser reinen, wahren Liebe gestört werden? Kann man der Liebe wehren? es gibt keine Macht der Erde, sie zu verbieten und zu verhüten. Die Liebe kommt und sie ist da. Soll der Väter gegenseitiger Haß auch das Glück der Kinder zerstören? Was auch kommen möge, ich vermag es nicht, die kindlichen Herzen zu trennen, die in Liebe sich einander erschlossen; doch will ich bei der nächsten Gelegenheit meinen Mann davon unterrichten; nun still, der Vetter Mallich kommt; fürwahr ein unangenehmer Gast, der Schrecken der Stadtbewohner, hat in seinem bisherigen Leben Vieles versucht und unternommen, ohne zu einer festen Stellung in der menschlichen Gesellschaft zu gelangen, hat in der Jugend das schöne Erbe seiner Eltern durchgebracht, hat als Kaufmann einen Zwangsvergleich mit seinen Gläubigern geschlossen, wobei Viele zu Schaden gekommen sind, und ist nach mehrfachen fehlgegangenen Projecten und Unternehmungen nun Herausgeber und Redacteur der Stadt-Zeitung und damit der Schrecken der Stadt und des ganzen Bezirkes geworden. Seine Frau, meine gute Cousine, war eine edle Seele, der Gram wegen des leichtsinnigen, unsteten Lebens ihres Mannes, so sagt man, habe sie vor der Zeit ins Grab gebracht.

4. Scene.

Caroline Wellerberg und **Wenzel Mallich**.

(Mallich kommt von rückwärts und hat ein Notizbuch vor sich, in welches er im langsamen Gehen Notizen zeichnet, plötzlich sieht er auf und hat knapp vor sich Caroline Wellerberg, welche einige Schritte zurückgewichen war, um einen Zusammenstoß zu vermeiden. Mallich trägt wegen Kurzsichtigkeit Augengläser und hat die üble Gewohnheit, mit der Hand öfter seine Kleider zu streichen, gleichsam um sie vom Staube ꝛc. zu reinigen.)

Mallich.

Ah' sieh da, meine liebe Frau Muhme, ich wünsche einen guten Abend. Wie ich sehe, ist die Pflücke hier auf Ihrer Flur schon beendet.

Caroline.

Guten Abend, Herr Mallich! Ja, die Arbeitsleute haben sich sehr dazugethan, wir sind auf dieser Flur heute Abend mit der Pflücke zu Ende gekommen. Aber Sie, Herr Vetter, waren ja bei Ihrem Ankommen so in Ihr Notizbuch vertieft, daß Sie bald über mich dahin hinweggeschritten wären. Man sollte meinen, es seien gar wichtige Gedanken gewesen, welche Ihren Geist beschäftigen, welche, damit sie nicht von dieser materiellen Erde in die Luft stiegen und oben mit den Wolken auf und davon zögen, in Ihrem Notizbuche festgebunden wurden.

Mallich.

O diesmal hat Ihr sonst scharfer Blick zu viel gesehen. Ich war soeben auf den umliegenden Hopfenfluren, auf welchen überall die Pflücke stattfindet, habe den gepflückten Hopfen in Augenschein genommen, dessen Beschaffenheit geprüft und den wahrscheinlichen Erfolg der Ernte berechnet. Die gesammelten Notizen habe ich mir angemerkt, da sie mir für den in meiner Zeitung nächster Zeit erscheinenden Bericht über das Ergebniß der diesjährigen Hopfenernte unseres gesegneten Landes zur Grundlage dienen sollen. Wir werden einen befriedigenden Bericht bringen können; denn allenthalben ist die Ernte gut ausgefallen. Ihre Flur hier, meine liebste Muhme, gilt als Mustergrund in der Zeche „Gollau." Ich habe daher meinen Weg hierher genommen, um Ihr Product gleichfalls zu besichtigen und meine Notata hierüber zu ergänzen. Ich bemerke indeß, daß ich zu spät gekommen bin, da Sie die Pflücke hier bereits vollendet haben.

Caroline.

O noch sind dort an der Straße die Arbeitsleute mit dem Aufladen des gepflückten Hopfens beschäftigt. Kommen Sie mit mir dorthin, Sie können Ihre Verspätung noch gut machen. Der Anblick unseres schönen Hopfens wird Ihnen Freude machen und Ihnen Gelegenheit bieten, Ihren Bericht vortheilhaft auszustatten. Meine Tochter Helene habe ich zu den Leuten vorausgeschickt, wir werden sie dort antreffen.

Sie wird sich freuen, den Vater ihrer lieben Freundin hier begrüßen zu können. Wie geht's dem kleinen Sturmkopfe, meinem Pathenkinde?

Mallich.

Ich danke. Emma war wie immer frisch und munter, als ich sie verließ; ich hätte sie gerne mit mir genommen, doch sie bat, sie zu Hause zu belassen, da sie noch viele Arbeit habe, denn sie ist ja mein Secretarius und der wirkliche Redacteur meiner Zeitung. Meine heute gesammelten Notata über die Hopfenernte der Gollau-Fluren werden ihr große Freude machen. Nun lassen Sie uns gehen, damit uns die Arbeitsleute mit dem Wagen nicht entkommen.

(Gehen beide nach rechts ab.)

5. Scene.

Dr. Egmont Lebrecht und **Dr. Fritz Zörner** (erscheinen auf der entgegengesetzten linken Seite).

Egmont.

Niemand ist mehr hier; die Pflückerlaube da unten verlassen; wir haben uns leider etwas verspätet. Der Abend ist aber doch noch nicht soweit vorgeschritten; sie müssen erst vor kurzer Zeit die Pflücke vollendet haben. Helene wird unruhig gewesen sein, da sie uns hier sicher erwartete.

Zörner.

Dieser verhaßte Mallich mußte uns gerade heute in den Weg treten. (Nach rechts spähend.) Ah, da gehen sie noch dahin, Frau Wellerberg mit Mallich und dort — an der Straße sind die Arbeitsleute an einem Wagen beschäftigt. Sieh daher, Egmont!

Egmont (gleichfalls in die bezeichnete Stelle spähend).

Ja, ja, Du hast richtig gesehen, Freund Zörner! sie sind's! — Nun treten Frau Wellerberg und Mallich zu der kleinen Truppe. Helene, meine einzig geliebte Helene, sie schaffet dort mit gewohntem Ordnungssinne, wie ein hell leuchtender Stern tritt ihre liebliche Gestalt aus dem bunten Kreise hervor, sie reicht dem Mallich die zarte Hand zum Gruße. Sie ahnt und weiß es nicht, daß wir seinetwegen uns etwas verspätet haben. Eilen wir, daß wir sie erreichen, mir brennt der Boden unter den Füßen.

Börner.

Gemach, mein Freund, keine Ueberstürzung. Mallich ist gegen uns, wir müssen ihn scharf im Auge behalten; er ist der Vertraute des Wellerberg, er würde unser Erscheinen befremdend finden und ein unzartes Wort von ihm würde Dich in Harnisch bringen. Wir müssen in diesen Tagen der Entscheidung mit aller Ruhe und Ueberlegung handeln. Mallich — erzürnt — könnte unserem Plane sehr gefährlich werden. Alles steht auf dem Spiele. Darum Vorsicht und Behutsamkeit. Wie ich dort sehe, haben die Frauen in jener Laube ihre Schirme, Hüte und Plaids zurückgelassen; sie dürften daher jedenfalls noch hierher zurückkommen, zumal sie uns erwarteten und sich überzeugt halten, daß wir unser Wort erfüllen. — Und in der That — Mallich empfiehlt sich und geht in entgegengesetzter Richtung weiter. Gott befohlen, Herr Zeitungsschreiber! Führe ihn sein leuchtend Gestirn dorthin, wo der Pfeffer wächst. Eine ganz üppige Pfefferstaude, dieser Herr Onkel Wenzel! Wie dieser Mann nur zu einem so liebenswürdigen Töchterchen gekommen ist. Emma ist fürwahr ein Engel und dieser nichtswürdige Patron der Vater! Vater und Tochter — Nacht und Tag!

Egmont.

Ja, Emma ist auch der Liebling der ganzen Stadt, sie ist die beste Freundin Helenens. Freund, Du calculirst mit Deinem klaren Verstande immer richtig. Frau Wellerberg und ihre Tochter verlassen den Wagen und lenken ihre Schritte hierher. Sie erblicken uns — (grüßt mit dem Hute und eilt entgegen — ab).

6. Scene.
Dr. Zörner allein.

Wie schön ist doch die Liebe, wenn man Gegenliebe findet! Egmont — fast sollte ich Dich beneiden! Doch er hat einen harten Kampf noch auszufechten, um sich diese reine Perle zu sichern. Ich will ihm in seinem Eroberungszuge treu zur Seite stehen, mit ihm siegen oder — fallen. Siegen? kann und wird nur er — ich will mich an des Freundes Glück ergötzen. Sollte auch mein kaltes Herz noch erwärmt werden? Niemals noch fühlte ich der echten Liebe Zauberkraft, welche die Herzen vereint und dauernd bindet! —

7. Scene.
Caroline Wellerberg, deren Tochter **Helene**, **Egmont**, **Zörner**.

Zörner (entgegenschreitend).

Guten Abend, gnädige Frau! (Helene die Hand reichend) Guten Abend, Fräulein Helene! Haben Sie Ihren gefangenen Verbrecher schon tüchtig ins Kreuzverhör genommen? Wie ich aus dem freundlichen, freudig blickenden Auge entnehme, bedarf mein Freund keines Anwaltes mehr, um ihn wegen des verspäteten Erscheinens zu vertheidigen!

Caroline.

Seien Sie uns vielmals willkommen, Herr Doctor!

Helene.

Guten Abend, Herr Zörner!

Egmont.

Ja, Helene hat mich in der That in den Anklagestand versetzt, doch ist die Untersuchung eingestellt — ich danke Dir, mein Freund und Vertheidiger. Gefangen bin ich wohl und werde ich es für immer bleiben — gefangen in der Liebe zu meinem so nachsichtsvollen Richter, meiner innigst geliebten Helena!

Helene.

Wo die Liebe spricht und handelt, bedarf es der Nachsicht nicht.

Caroline.

Es war ein glücklicher Zufall, daß Vetter Mallich uns verlassen, hätte er Ihre Ankunft wahrgenommen, so würde mein Mann davon ohne Zweifel sofort Kenntniß erlangt und ein schlimmer Sturm wäre dann über unsere Häupter losgebrochen. Aber so kann es auch nicht länger mehr bleiben. Sie, meine Herren, kennen ja nur zu gut das unglückselige Verhältniß, unter welchem wir leiden, dulden und — hoffen.

Zörner.

Nur noch einige Tage Geduld und Nachsicht, gnädige Frau! Die Gemeindewahlen, welche in einigen Tagen stattfinden, können unser Schicksal schon entscheiden. Vielleicht, daß die Wahlen diesmal den Liebenden Glück und Segen bringen, vielleicht führen sie einmal die Versöhnung der streitenden Parteien herbei; dann würde der Sanctionirung des Herzensbundes wohl kein Feind mehr entgegenstehen. Glänzend soll der Sieg gefeiert werden. Das Glück meines Freundes Egmont und Ihrer Tochter Helena ist ja auch mein Glück, ist unser aller Glück. Vereinigen wir uns hier in Gottes freier Natur zum gemeinsamen Werke, damit die Fehde der Väter den Kindern den Segen bringe.

Caroline.

Der Himmel gebe es und laß meine Tochter glücklich werden. (Nach rechts blickend.) Die Arbeitsleute haben die letzte Arbeit vollendet und setzen sich mit dem Gespanne in Bewegung. Wollen wir ihnen folgen und in die Stadt zurückgehen.

(Egmont und Zörner bringen aus der Laube die Schirme, Hüte und Plaids herbei und überreichen Schirme und Hüte der Frau Wellerberg und Helenen; beide setzen sich die Hüte auf, wobei die Herren Hilfe leisten. Egmont reicht der Helene, Zörner der Mutter Wellerberg den Arm und beide Paare gehen nach rechts ab.)

8. Scene.

Während des Abgehens beginnen die Pflücker die zweite Strophe aus 1. Scene zu singen:

> Der Landmann pflegt im Schweiße
> Gar kundig und besorgt die Flur,
> Erhofft zu seinem Fleiße
> Des Himmels Segen der Natur.
> Wiederholung: Wir pflückten rasch und munter
> Des Heimatlandes gold'ne Frucht.

(Der Gesang verhallt nach und nach immer mehr, bis er zuletzt nur schwach austönt mit der weiteren Entfernung des Zuges.)

9. Scene.

Heinrich Trost, Diener des Wellerberg, und Susanna Wahr kommen aus dem Hintergrunde einher Arm in Arm.)

Heinrich.

Die Laube ist leer; die Pflücke hier ist beendet. (Nach rechts ausschauend). Dort auf der Straße ziehen sie bereits hin, Frau Wellerberg und ihre Tochter folgen in Begleitung zweier Herren den Arbeitsleuten. Herr Wellerberg hat mich hieher herausgeschickt, um seiner Frau und Tochter zu Diensten zu sein. Ich nahm meinen Weg bei Dir vorüber, meiner geliebten Susanna, und Du hast mich begleitet, um uns des herrlichen Abends gemeinsam zu erfreuen. Die Sonne ist dort in den Bergen bereits untergegangen, feurig geröthete Wölklein ziehen ihr nach, der Mond hat die Herrschaft angetreten und begrüßt uns mit seinem freundlichen Gesichte. Frau Wellerberg und ihre Tochter werden meiner Dienste nicht bedürfen, da sie angenehmere Begleitung haben. Meine Anwesenheit würde ihnen ohnehin nur lästig gewesen sein. Susanna, meine Liebe, wie schön ist es hier in Gottes freier Natur! Mein Herz öffnet sich weit, hier unter dem großen Himmelszelte laß mich Dir sagen, Susanna, daß ich Dich liebe, daß ich ohne Dich nicht leben kann. Susanna, liebst auch Du mich mit gleicher Innigkeit, laß auch Dein Herz frei sich erheben und sprechen.

Susanna.

Heinrich, wie kannst Du noch zweifeln an meiner Liebe zu Dir. Ich liebe Dich, wie ein weibliches Herz einen Mann nur lieben kann. Jedes Opfer bin ich bereit meiner Liebe zu Dir zu bringen. Selbst den Glauben meiner Väter will ich zum Opfer bringen, um mit Dir vereinigt leben zu können. Meine alte Mutter ist zwar eine strenggläubige Israelitin, sowie auch mein verstorbener Vater treu und fest zu Moses Geboten hielt. Meine Mutter würde es daher niemals zugeben, daß ich meine Religion verlasse und zu Deinem Gotte übergehe. Es würde ihr Herz brechen, und ihre ohnehin geschwächte Gesundheit vollends untergraben, wenn ich jenen Schritt thäte; andererseits ist meine Mutter unserer Verbindung nicht abgeneigt, ja sie billigt und fördert dieselbe, da sie weiß, wie innig ich Dich liebe.

Heinrich.

Wir befinden uns in einer schwierigen Lage. Wie Du als Jüdin, so stehe auch ich als Katholik treu zu dem Glauben meiner Väter; es wird mir schon schwer, diesem Glauben zu entsagen, völlig unmöglich indeß wäre es mir, den mosaischen Glauben anzunehmen. Nur ein einziger Ausweg erscheint uns geboten, um, ohne das Glaubensbekenntniß zu wechseln, unsere eheliche Verbindung zu erreichen. Unsere beiderseitigen Religionen verbieten die Ehe zwischen Christen und Juden; allein der Staat hat hier in neuerer Zeit Vorsorge getroffen, und ein Gesetz geschaffen, nach welchem nunmehr auch solche Ehen geschlossen werden können. Nur müssen wir uns, um unser Ziel zu erreichen, confessionslos erklären d. i. wir müssen erklären, daß wir keiner der bestehenden Confessionen angehören und uns bescheiden, daß unser Ehebund vor der weltlichen hiezu bestimmten Behörde vollzogen werde. Diese Ehen werden daher auch die Noth=Civilehen genannt.

Susanna.

Civilehe? Wohl habe ich davon gehört, und sind solche Ehen in unserer Stadt schon vorgekommen. Ich kenne zwar das Wesen dieser Ehe nicht genau, doch da wir uns wahr und aufrichtig lieben, so hoffe ich, daß wir auch in der Civilehe glücklich und zufrieden leben werden, daß mir mein Heinrich niemals untreu werden und mich nicht verlassen werde.

Heinrich.

Banne diese ängstliche Besorgniß, meine Susanne, fasse Vertrauen zu mir und dem Staatsgesetze. Glaubst Du denn, daß die confessionelle Trauung der Ehegatten vor der Untreue zu behüten vermag?

Susanna.

Ich vertraue Dir. Thue, was Du für nothwendig erachtest; ich will Dir in Allem folgen, nur verlange nicht, daß ich Christin werden soll.

Heinrich.

Nun so reiche mir die Hand zum freiwilligen Herzensbunde, Der da oben weiß es, daß wir es treu und ehrlich meinen. Befolgen wir das Staatsgesetz, welches allein unsere eheliche Verbindung ermöglicht. Morgen schon gehen wir zum Bürgermeister Dr. Lebrecht, um ihm unseren Entschluß anzuzeigen und ihn wegen der zu unternehmenden Schritte zu befragen. (Gehen beide Arm in Arm ab.)

Der Vorhang fällt.

Zweiter Act.

(Kanzlei des Advocaten und Bürgermeisters Dr. Lebrecht, rechts der Schreibtisch für Dr. Fritz Zörner und links zwei kleinere Schreibtische für zwei Schreiber, rückwärts ein Sopha für Parteien. In der Mitte befindet sich der Haupteingang, rechts Eingang zum Bureau des Dr. Lebrecht sen., links zur Wohnung der Familie.

1. Scene.

(Der alte Diener **Balthasar Mayer** ist mit dem Aufräumen und Reinigen der Tische beschäftigt.)

Mayer (allein).

Schon längst drei Uhr Nachmittags vorüber und noch ist keiner der Kanzleiherren da. Ja, sie haben jetzt auswärts viel für die sogenannten Ehrengeschäfte unseres Herrn zu thun. Sie sind jetzt Alle mit den bevorstehenden Neuwahlen für die Gemeinde- und Bezirksvertretung beschäftigt. Wären doch nur diese Wahlen schon vorüber. Diese Ehrengeschäfte bringen viel Arbeit, viel Aufregung und viel Verdruß, aber sie bringen keinen Verdienst, ja sie schädigen den Erwerb. Das Berufsgeschäft wird dadurch vernachlässigt. Die Parteisachen bleiben liegen oder gehen nur langsam vorwärts. Die Parteien klagen über die Hinausziehung ihrer Angelegenheiten, müssen beschwichtigt und vertröstet werden. — Wie anders war das in früherer Zeit, als der Herr Lebrecht diese Ehrenstellen noch nicht inne hatte und seine ganze Zeit dem Berufe mit unermüdeter Thätigkeit gewidmet hat. Wie ging da Alles flott vorwärts; wie befriedigt gingen die Parteien hinweg; denn auf ihre Nachfragen über den Stand ihrer anhängigen Rechtssachen konnte meist eine günstige Antwort ertheilt werden. Die Palmare flossen reichlich ein, das Geschäft war eine wahre Goldgrube für den Herrn Lebrecht, für seine Beamten und für mich — doch seitdem der Herr Doctor zu den öffentlichen Ehrenstellen gelangt ist, ist's anders geworden.

— Viel Ehre, viel Neid und Haß — und kein Geld im Hause, dagegen in der Familie Unruhe, Angst und Besorgniß wegen des etwaigen Verlustes des einen oder des anderen Ehrenamtes. Welche Zeit und Arbeit geht nur verloren mit den vielen Wahlgeschäften! Da sind Gemeinde-, Bezirksvertretungs-, Landtags- und Reichsraths-Wahlen. Dazu kommen noch die Wahlen für die Handels- und Gewerbekammer, für den Orts- und Bezirks-Schulrath, für den Landesculturrath, für die vielen Vereine und Gesellschaften . . . . . .

2. Scene.

Mayer und Advocat Dr. Lebrecht. (Dr. Theodor Lebrecht tritt im Schlafrocke aus seinem Bureau.)

Dr. Lebrecht sen.

Balthasar! sind Briefschaften von der Post da?

Mayer.

Ja, Herr! sie liegen hier am Tische des Dr. Zörner, welcher wie die anderen Beamten noch nicht gekommen ist und ich — wollte nicht stören.

Lebrecht (sich an den Tisch des Dr. Zörner setzend.)

Gut, ich will die Briefe hier öffnen. Gehe und bringe mir meinen Zwicker, welcher drin in meinem Bureau auf dem Schreibtische liegt. Auch wird es gut sein, die Fenster im Bureau zu schließen, welche ich offen gelassen habe.

(Mayer geht ab in das bezeichnete Bureau; Lebrecht sieht rasch die Briefe nach den Adressen und Siegeln durch.)

3. Scene.

Dr. Lebrecht sen. und Mayer.

Mayer (aus dem Bureau des Dr. Lebrecht nach ganz kurzer Abwesenheit zurückkommend und den Zwicker dem Dr. Lebrecht darreichend).

Hier ist das Verlangte.

Dr. Lebrecht.

So. (Setzt den Zwicker auf.) Nun wollen wir sehen, was die Briefe enthalten. (Ergreift einen Brief und öffnet ihn.)
(Mayer geht während dem ohne Aufenthalt wieder in das Bureau des Dr. Lebrecht sen. ab.)

4. Scene.

Dr. Lebrecht sen. (allein.)

Hier ist eine Einladung zur Sitzung des Verwaltungsrathes der Actienzuckerfabrik. Die an den Statuten vorzunehmenden Aenderungen sind bereits entworfen und von dem Entwurfe eine Reinschrift angefertigt. Da ist weiters (einen weiteren Brief öffnend) ein Schreiben des Müllers Storch aus Komotau, welcher sein Mühletablissement in eine Actiengesellschaft umgestalten will und um ein Gutachten zur Ausführung ersucht. Der Gedanke entspricht dem Fortschritte der Neuzeit und kann dem Manne auf die Beine helfen. Vederemo. (Ein weiteres Schreiben entfaltend.) Einberufung nach Prag zur Sitzung des Verwaltungsrathes der Pilsen-Priesner Eisenbahn. Gegenstand ist die Berathung wegen Verstaatlichung der Bahn. Eine complicirte Arbeit, um alle collidirenden Interessen auszugleichen und zu befriedigen. (Auf ein weiteres Schreiben übergehend.) Aufforderung zur Veranstaltung einer Sitzung der Ortsgruppe des deutschen Schulvereines. Der Jahresbericht ist noch nicht fertiggestellt. Zörner mag sich beeilen mit der Zusammenstellung, doch vor den Gemeindewahlen kann die Sitzung nicht mehr stattfinden. Darum noch Geduld, meine Herren! Vorher die Wahlen. Ich will erst abwarten, ob ihr mich auch weiter des Vertrauens würdig haltet. Es gilt einen harten Kampf mit meinen Gegnern, welche Alles anwenden, um meinen Sturz herbeizuführen. Noch bin ich der Bürgermeister, noch halte ich das Ruder in meiner Hand, noch ist meine Partei mächtig und das Spiel nicht verloren. Wenn ich fallen soll, soll es mit Ehren geschehen. Eure Angriffe sind um so schmerzlicher und empfindlicher, als eure Kampfesmittel unlauter und nicht gerechtfertigt erscheinen. Wellerberg ist unversöhnlich und hat allerdings einen starken Anhang in dem dritten Wahlkörper. Es ist wahr, ich habe ihn niemals geschont; es ist mir auch lange Zeit gelungen, seinen Oppositionsgeist niederzuhalten. Ich habe ihn aus seinen öffentlichen Stellungen immer mehr herausgedrängt; es war vielleicht unvorsichtig von mir, diesen heftigen, ränkesüchtigen Mann so zu kränken und zu reizen. Wie ein Maulwurf arbeitete er gegen mich, seine Bemühungen und Ränke waren nicht ohne Erfolg. Seit fünfzehn Jahren stehe ich durch das Vertrauen meiner Mitbürger an der Spitze ihrer autonomen Verwaltung; es wäre traurig, sollte ich diesmal unterliegen. All' mein Ringen zur Behauptung meiner Stellung sollte nun erfolglos sein? Mein Sohn Egmont hat noch nicht festen Fuß gefaßt in der Gemeinde, er bedarf noch meiner Stütze. Wellerberg ist ihm gram und verfolgt ihn als jungen Concurrenten in seinem Fache. Wellerberg würde ihn nicht aufkommen lassen, er würde ihn unmöglich machen, wenn ich ihn nicht mit meinem Ansehen und Einflusse decken und schützen könnte. Aus allen Stellungen in der Gesellschaft und im öffentlichen Leben würde ich ihn nach und nach verdrängt sehen, wenn es meinen Feinden gelingen sollte, meiner Hand die Führung der Gemeinde zu entreißen. Noch gebe ich mich aber nicht verloren. Meine Partei, das hoffe ich mit Zuversicht, dürfte im zweiten und ersten Wahlkörper siegen, mag der dritte Wahlkörper auch als verloren zu betrachten sein. Die Candidatenlisten meiner Partei sind fertiggestellt und zum Drucke vorbereitet. Sie mögen nun in die Oeffentlichkeit gehen und ihre Schuldigkeit thun. Mallich wird an ihnen in seinem Schmutzblatte wohl Vieles zu tadeln haben und über die aufgestellten Candidaten mit seinem Giftzahne herfallen. Sein Blatt steht im Dienste der Gegner; es wird ihnen wohl theuer genug zu stehen kommen. Welches Gift hat dieser Zeitungsheld in seinem Blatte bereits gegen mich ausgespieen. Er hat mich und meine Anhänger schon so oft dem Spotte und der Verdächtigung preisgegeben, er, den die ganze Gemeinde als einen verkommenen Menschen kennt. Wellerberg ist nun mit ihm liirt und benützt sein Blatt für seine ehrgeizigen Zwecke. Mallich hängt an seinem Rock-

schoße, er wird einmal Mühe haben, diese Creatur von sich
abzuschütteln. Mit demselben Eifer, mit welchem er nun dem
Wellerberg und seiner Partei dient, war er früher in meinem
Solde und als ich seine unverschämten Geldforderungen
nicht mehr erhörte, ward er mein Gegner und warf sich
meinen Feinden in die Arme. Behaltet es nur, dieses kost=
bare Kraft=Genie!

5. Scene.

Dr. Lebrecht sen. und Mayer.

(Mayer kommt aus dem Bureau des Dr. Lebrecht sen. und setzt sich
im Hintergrunde auf einen Stuhl.)

Dr. Lebrecht (den Mayer fixirend).

Ah, Mayer, Du scheinst mir schon lange nicht in der
Ordnung, Du warst doch sonst so munter und gesprächig.
Sag' an, alter Knabe, wo Dich der Schuh drückt; bist Du
unzufrieden in meinem Dienste? es wäre mir nicht lieb,
dies zu hören. Was ist's, das Dich verstimmt? Sprich offen,
wie es meinem alten treuen Diener geziemt.

Mayer.

Ja, es ist schon lange her, gnädiger Herr, als Sie mich
in Ihre Dienste aufgenommen haben; aber noch frisch und
lebendig ist meine Erinnerung; ich werde niemals vergessen,
wie viel Gutes ich Ihnen und Ihrer Familie verdanke.
Es sind jetzt fast 30 Jahre, als ich vom Militär mit
Abschied entlassen hierher in meine Heimatsgemeinde kam.
Lange Zeit war ich abwesend gewesen; von meinen Ange=
hörigen fand ich Niemanden mehr am Leben; arm und ver=
lassen als verabschiedeter Soldat stand ich da, nicht wissend,
was ich nun beginnen soll. Meines Gewerbes war ich nicht
mehr kundig, obwohl ich vor meiner Assentirung zum Militär
ein gesuchter Arbeitsgehilfe war; nun konnte ich nirgends
Arbeit finden, und dies um so weniger, als ich meinen
durch eine Verwundung in der Schlacht zu Solferino ge=
lähmten rechten Arm nicht voll gebrauchen kann. Es wäre

mir wohl nichts Anderes übrig geblieben, als mit einem Leierkasten herumzuziehen und so die Wohlthätigkeit der Menschen in Anspruch zu nehmen, nachdem selbst meine Bewerbungen um eine Tabaktrafik erfolglos geblieben waren. In diesem meinen Jammer und Kummer fanden Sie mich, gnädiger Herr; mein alter abgenützter Soldatenrock, den ich damals als Reliquie noch trug, machte Sie aufmerksam auf mich; menschenfreundlich und mitleidsvoll hörten Sie mich an und nahmen mich in Ihre Familie auf; seitdem bin ich hier in Ihrem Dienste.

Dr. Lebrecht.

Bedauerst Du, in meinen Dienst getreten zu sein?

Mayer.

O, ich danke täglich dem lieben Herr Gott, daß er mir in meinem gebrechlichen Alter ein so glückliches Los beschieden hat. Wie viel Gutes habe ich alter Soldat in Ihrem Hause genossen; meine geringen Dienste wurden reichlich gelohnt. Sie waren damals, als ich zu Ihnen kam, ein junger Advocat und glücklich verheirathet. Ihre Kanzlei blühte, es gab vollauf Beschäftigung. Von Nah und Fern kamen die Parteien, um Ihren Rath, Ihre Rechtshilfe zu suchen. Vom frühen Morgen bis zum späten Abende wurde tüchtig gearbeitet. Ihr Haus wurde immer angesehener, nach Außen geachtet und geehrt, und im Innern herrschte Zufriedenheit und Menschenliebe. O wie schön war diese Zeit! Die Freude der biederen Eltern war Ihr Sohn Egmont, damals als Sie mich in Ihren Dienst nahmen, noch ein munterer, aufgeweckter Junge; ich hütete und bewachte ihn, als wäre er mein eigenes Kind. Heute ist Egmont ein stattlicher Herr, seiner Eltern würdig; ich habe jedesmal eine kindische Freude, wenn ich ihn sehe; immer hat er ein freundliches Wort für seinen alten Haus=Mayer, wie er mich scherzend nennt.

Dr. Lebrecht.

Und nun, noch immer weiß ich nicht, was Dich drückt.

Mayer.

O gnädiger Herr, soweit war Alles schön und gut Da kam für Oesterreich nach großen unglücklichen Kämpfen nach Außen und im Innern die sogenannte Verfassungsära, wie sie die Gelehrten und Politiker nennen. Die verschiedenen Länder, welche unter dem Scepter Habsburgs vereinigt sind, bekamen von seinem Herrscher neue Gewänder; es galt nun, die Stoffe zu denselben gehörig zuzuschneiden, damit die neuen Kleider den einzelnen Körpern auch anpassen. Das mag wohl für den Kaiser und seinen Hof eine schwere Arbeit gewesen sein. Die Kleider wollten Anfangs nicht recht passen; es durfte ja auch nicht überraschen, da sie da zu lang und zu weit, dort zu eng und zu kurz gefunden wurden. Eines jedoch machte sich überall geltend, daß die neuen Gewänder den Völkern große Kosten verursachten. Die Steuern und Kosten wuchsen von Jahr zu Jahr, die Länder und Völker mußten sie willig hinnehmen; es war ja der selbstbestimmte Preis für die neuen Gewandungen, in welchen nun die Länder und Völker stolz einhergingen.

Dr. Lebrecht.

Siehe da Mayer, was Du für ein Politiker bist, man sollte meinen, du säßest seit Jahren als Abgeordneter in unseren Parlamenten.

Mayer.

Was ich weiß, habe ich hier in Ihrer Kanzlei kennen gelernt. Ich hatte daselbst doch vielfache Gelegenheiten, in die Zeitverhältnisse mich einzudenken und dann — bin ich ja auch im Ausschuße des Militär-Veteranenvereins.

Dr. Lebrecht.

Richtig, und nun weiter!

Mayer.

In den Ländern folgten nun Wahlen auf Wahlen; die Bürger wählten nun selbst ihre Vertreter zur Verwaltung ihrer Gemeinde=, Bezirks=, Landes= und Reichsangelegenheiten innerhalb der Schranken der Verfassung. Der Wahlzettel wurde zum Gottesurtheil. Kein Wunder, daß von den Bürgern unserer Gemeinde das Auge auf Sie, gnädiger Herr, gerichtet wurde. Sie ragten unter ihnen an Weisheit und Gesetzeskenntniß hervor; weit und breit erfreute sich Ihr Name eines guten Klanges. Wo immer eine Wahl geschah, da stand Ihr Name stets auf allen Wahlzetteln. Sie wurden der Bürgermeister, der Bezirksobmann, der Landtags= und Reichsrathsabgeordnete. Diese Vertrauens= stellen brachten aber auch Verpflichtungen. Sie wurden nach und nach von Ihrem so einträglichen Advocatengeschäfte abgezogen, weil Ihre Kraft nicht ausreichte, allen Anforde= rungen gerecht zu werden, zumal Sie als Abgeordneter des Landtages und Reichsrathes fast jedes Jahr lange vom Hause abwesend sein mußten. Und für all' Ihr redliches Arbeiten, für Ihre Sorgen und Aufregungen, für Ihre Opfer? Was war der Lohn? Der Undank, mein gnädiger Herr! Ihre Stellung brachte Ihnen viele Feinde, da Sie nicht die oft unsinnigen Ansprüche der Gemeindeglieder erfüllen und befriedigen konnten. Diese Feinde wurden immer zahl= reicher und geeinigter; sie sinnen nun auf Ihren Sturz, sie scheuen vor keinem Mittel zurück! Mein gnädiger Herr! das ist es, was mich drückt. Ich weiß es, daß alle diese Ihnen feindlich gesinnten Männer mit dem Dr. Wellerberg an der Spitze Ihnen nicht das Wasser reichen. Ich denke mir da oft, es wäre besser für meinen guten Herrn und seine Familie, wenn er alle diese Ehren und Würden von sich abstreifen und sich so wie früher wieder seiner Familie und seinem Advocatengeschäfte zurückgeben würde. Verzeihen Sie mir, mein guter gnädiger Herr, meine offene Sprache: aber da Sie mich selbst dazu herausgefordert haben, zu sagen, was mich bedrückt, so glaubte ich als ein treuer dank= barer Diener, der ohne Sie, ohne Ihr menschenfreundliches Entgegenkommen als alter gebrechlicher Soldat schon längst elendiglich zu Grunde gegangen wäre, mir das Herz und den Muth zu fassen, Ihnen einmal Alles frei und offen zu sagen. Nun es heraus ist aus dieser Brust, ist mir leicht, meine Brust athmet nun wieder frei.

Dr. Lebrecht.

Du bist ein altes, treues Herz, lieber Mayer! Du hast einen offenen gesunden Sinn. Ich danke Dir für Deinen wohlgemeinten Rath. Aber kann ich denn, nachdem ich die Stellen durch so lange Zeit versah, kann ich denn sie plötzlich aufgeben? Würde mich dies den perfiden Ausstreuungen meiner Gegner gegenüber nicht in der öffentlichen Achtung herabsetzen? Würde man nicht glauben müssen, es sei all' das Böse in der That begründet, welches meine Gegner über mich verbreiten? Ja, mein lieber Mayer, ich will mich meiner Familie und mir zurückgeben, und meine lange vernachlässigte Advocatie wie vorher wieder pflegen, allein die Zeit ist dazu noch nicht gekommen. Jetzt im Momente der Neuwahlen kann und will ich nicht zurücktreten, ich kann auch jetzt meine Partei nicht verlassen, weil das feige wäre. Als alter Soldat wirst Du das selbst erkennen. Nochmals will ich kämpfen mit meinen Gegnern und der Erfolg wird die Richtung für meine weiteren Entschließungen vorzeichnen! Nur diesmal noch sollen alle Mittel angewendet werden, um mir die Wahl zum Vorsteher der Gemeinde zu sichern. Das Weitere wird sich finden. Der Kampf ist diesmal schwerer als sonst, weil die Gegenpartei stärker und mächtiger, in sich geschlossener geworden ist und weil sie kein Mittel unversucht läßt, welches ihrem Zwecke förderlich sein könnte. Ob das Mittel gut und erlaubt sei, das fragt sie nicht, selbst das Privat=, das Familienleben wird nicht geschont. Wellerberg ist in den Mitteln nicht wählerisch, und Mallich mit seiner Zeitung sein würdiger Genosse. Man kann dabei nicht gleichgiltig bleiben, wenn man sich nicht selbst aufgeben und in den Schmutz herabreißen lassen will. Auch ich muß mit meinen treu gebliebenen Anhängern alle gebotenen Mittel ergreifen, um die moralischen Schläge zu pariren. Es ist traurig, auf eine so rücksichtslose Weise zu kämpfen, doch es ist nothwendig, der moralischen und physischen Selbst=erhaltung wegen. Man sucht die Ehre zu tödten, den Geist in hochgradige krankhafte Erregung zu bringen und so indirect das physische Leben zu untergraben und zu vernichten. Dieses höllische Mittel, wer hält es mehr in seiner Hand, als die freigegebene Presse! Die schmählichsten Angriffe werden gedruckt und so überallhin in die Welt verbreitet. Der Angegriffene steht fast wehr- und schutzlos gegenüber. Was frommt es ihm, wenn er die gerichtliche Verfolgung wegen der Verleumdung — wegen der Ehrenbeleidigung veranlaßt? Nach längerer Erhebung und Untersuchung wird wohl vor den ausgelosten Geschworenen in öffentlicher Gerichtssitzung die Sache strenge verhandelt und im besten Falle der Angreifer verurtheilt. Ist damit aber dem Beleidigten und Gekränkten geholfen? Seine Ehre erscheint einmal befleckt, das Vertrauen seiner Mitbürger ist, wenn nicht verschwunden, so doch beeinträchtigt. Und Niemand und selbst nicht einmal der Richterspruch gibt ihm ja das Verlorene in der äußeren Welt zurück. Nur das eigene gute Bewußtsein vermag hier noch den Geist und das Gemüth aufrecht zu erhalten und in diesem Bewußtsein eines reinen Herzens liegt allein die Kraft und Stärke! Von diesem Bewußtsein gestärkt, will ich nochmals kämpfen und ich hoffe nochmals auf die Unterstützung meiner Freunde und Anhänger bauen zu dürfen. Auch Du, mein alter Mayer, darfst den Schild nicht von Dir werfen, sondern auch Du wirst nochmals mit mir kämpfen, Dein Wort gilt viel im Kreise Deiner alten Kameraden, der Veteranen, unter welchen die Mehrzahl das Wahlrecht besitzt.

Mayer.

Niemals werde ich Sie, meinen so gütigen Herrn und Ihr Haus verlassen. Bis zu seinem letzten Athemzuge bleibt der alte Mayer Ihnen treu und ergeben und wenn Alle fahnenflüchtig werden, der alte Mayer wird das niemals thun. Wie er einstmals die Fahne seines Kaisers hochgehalten, so wahr und treu ergeben dient er nun Ihnen und Ihrem Hause. Bei den Veteranen habe ich noch Einfluß, sie hören noch auf des alten Mayer Wort; aber rührig regt sich auch hier schon die Gegnerschaft. Wellerberg hat auch unter den Veteranen bereits viele Anhänger geworben. Der Fleischer Horchon ist ganz in seiner Hand und dessen Wort gilt viel bei den Cameraden, weil ihm seine günstigen Vermögensverhältnisse gestatten, freigebig zu sein; doch sein Soldatenleben war nicht ohne Schattenseiten, welche den meisten Veteranen nicht unbekannt sind und deshalb hat er auch nicht den rechten Muth, offen hervorzutreten. Ich werde ihn und seinen Anhang bekämpfen, so viel ich vermag, und hoffentlich wird meine Mühe nicht zu spät kommen und nicht ohne Erfolg sein.

Dr. Lebrecht.

Ich danke Dir, Mayer — Sag', ist Egmont von seinem Nachmittagsausgange schon zurück?

Mayer.

Herr Dr. Egmont ist noch nicht zurückgekommen; es ist auch noch nicht die Stunde, wo er zurück zu sein pflegt.

Dr. Lebrecht.

Ist der heute Mittags ausgegebene Anzeiger schon da?

Mayer.

Ja, das Blatt ist wie gewöhnlich durch den Austräger abgegeben worden. (Mayer nimmt das Blatt vom Tische des zweiten Schreibers und überreicht es dem Dr. Lebrecht.) Hier ist das Blatt; es ist, als fährt mir der Satan in alle Glieder, wenn ich ein solches Zeitungsblatt in die Hand nehme. Derlei Localblätter, welche kein höheres Ziel verfolgen, die nur vom Stadtklatsch leben und das Leben der Familien vergiften, sollten nicht geduldet werden. Kein Mann von Ehre und Stellung ist vor dem Gifte dieser Blätter sicher. Wie die Fliegenschwämme schießen diese Blätter auf, schon jedes Städtlein hat seine Zeitung.

Dr. Lebrecht.

Die freie Presse ist eine Errungenschaft des Jahrhunderts, sie ist das Palladium unseres Verfassungslebens: sie ist eine Weltmacht. Die freie Presse muß hochgehalten werden, wenn die Verfassung eines Staates überhaupt zum Segen seiner Bürger gedeihen soll. Allerdings werden da auch Auswüchse vorkommen, soll dieser wegen die Wohlthat der echten freien Presse verkümmert werden? Diese Auswüchse kommen und vergehen, um Deinen Vergleich zu gebrauchen, wie die Fliegenpilze von selbst: die sogenannte Revolverpresse wird vor der Hoheit und Macht der echten freien Presse in den Staub und Schmutz versinken, aus dem sie hervorgegangen. Nun, Mayer, geh und sieh, ob meine Frau zu Hause ist, und ob Egmont etwa bei ihr sich befindet. (Mayer ab.)

6. Scene.

Dr. Lebrecht allein.

Dr. Lebrecht (das Zeitungsblatt ergreifend, das Mayer ihm dargereicht hatte).

Nun will ich sehen, was unser Moniteur für Neuigkeiten bringt. Da steht obenan ein kurzer Bericht über die heurige Hopfenernte. Die Ernte ist ergiebig, die Qualität des Hopfens fast durchgehends vorzüglich. Die Hopfenproducenten dürfen mit dem heurigen Ernteergebnisse wohl zufrieden sein. Voraussichtlich dürfte der Preis sich günstig stellen, da die Berichte aus den anderen hopfenbauenden Gegenden nicht besonders günstig lauten. Die Bürger werden gute Einnahmen haben und es werden von ihnen die Zahlungen an Steuern und Abgaben williger geleistet werden. (In die Zeitung blickend.) Zum Schlusse des Mallich'schen Berichtes stehen die einzelnen Fluren mit ihrem Ernteertrage verzeichnet, obenan die Flur „Gollau" mit Wellerbergs Feldern. Wellerberg muß natürlich überall, so auch hier voranstehen; das thut unser liebenswürdige Reporter Mallich nicht anders. Wellerberg und Mallich — Mallich und Wellerberg — sind jetzt vereint auf Leben und Tod — ich glaube, das Leben wird nicht lange dauern, es trägt den Todeskeim in sich selbst. Nun wollen wir schauen. — (Liest.) Locales — Unser Gemeindeleben — (Mayer kommt zurück — Lebrecht sen. hält mit dem Lesen inne.)

7. Scene.
Lebrecht sen. und Mayer.

Lebrecht.

Nun Mayer, was ist's?

Mayer.

Die gnädige Frau ist noch zu Hause, sie erwartet den Dr. Egmont und will dann mit ihm der Tochter Mallich's einen längst beabsichtigten Besuch machen.

Lebrecht.

Ist gut.

Mayer.

Gnädiger Herr, heute ist um 4 Uhr Nachmittags eine Sitzung des Ausschusses des Veteranenvereins, diese Sitzung dürfte von Wichtigkeit werden, weil eben die Haltung der dem Vereine angehörigen Wahlmänner zur Sprache gebracht werden soll. Habe ich zwar nicht das Wahlrecht, so möchte ich doch von dieser Sitzung nicht ferne bleiben. Ich bitte daher um die Erlaubniß, mich für eine Stunde von dem Kanzleidienste zu entbinden, länger dürfte ja die Sitzung nicht dauern.

Lebrecht.

Ohne Anstand, lieber Mayer, ich werde den Dr. Zörner davon verständigen; bei einer so wichtigen Vereinssitzung darf der mir ergebene Mayer als Ausschußmann des Veteranenvereines nicht fehlen, da er ja jedenfalls für mich eintreten wird und diesmal jede Stimme von entscheidender Bedeutung werden kann. Nun eile, mein lieber Mayer, es ist bereits die höchste Zeit (auf die Uhr blickend).

Mayer.

Gott befohlen, gnädiger Herr! (Geht ab.)

Lebrecht (nachrufend).

Glückauf, Mayer!

8. Scene.
Lebrecht sen. allein.

Lebrecht.

Ist dieser Mayer nicht ein Muster von Treue und Anhänglichkeit eines Dieners! Und dieser Mann mit seinem biederen Wesen und festen Charakter stammt aus der alten Schule des Absolutismus. Wird die neue Zeit der Verfassungsära auch solche Charaktere erzeugen? Die Zeit muß wohl noch den Beweis erbringen. Und nun wieder zu unserem unterbrochenen Artikel.

(Weiter aus der Zeitung lesend.)

„Unser Gemeindeleben geht immer mehr zurück, die Leitung ist ohne Kraft und inneren Halt. Unordnung und Unwirthschaft herrscht in allen Zweigen der Verwaltung, die Ausgaben steigern sich von Jahr zu Jahr, die Umlagen zur Deckung des jährlichen Deficits werden immer größer und größer, immer drückender, der Bürger seufzt unter dem Drucke der Willkür und — zahlt die Umlagen" —

(für sich)

So — so!

(im Lesen fortfahrend)

„Die Rechnungen werden wohl gelegt und von der aus Anhängern des Bürgermeisters bestehenden Majorität des Gemeindeausschusses ohne nähere Prüfung genehmigt. Der Bürger hat wohl ein Recht, zu verlangen, daß die von ihm gezahlten Abgaben weise und sparsam für gemeinnützige Anstalten und Unternehmungen verwendet, nicht aber daß dieselben plan- und nutzlos vergeudet werden."

(unterbrechend für sich)

Schändlich, eine solche allgemeine Anklage hinauszuschreien, um die leicht beweglichen, mißtrauischen Gemüther aufzuregen!

(Weiter lesend)

„Die rückständigen Schulgelder erreichen bereits eine enorme Summe und doch behauptet ein großer Theil der ausgewiesenen Restanten, mit dem Schulgelde nicht im Rückstande zu sein. Was ist das für eine Gebarung? In den Gemeinderechnungen wird seit Jahren eine Activforderung von 10.000 fl. als Steuergeldfond verwiesen, der Betrag ist aber gar nicht vorhanden. Unser Herr Bürgermeister hat sich bisher noch nicht die Mühe genommen, den Verbleib dieser Activforderung zu erforschen. — Hier sind nur einige wenige Züge unserer sauberen, unlauteren Gemeindewirthschaft. Darf da der Bürger noch länger ruhig zusehen und der gegenwärtigen Gemeindevertretung Vertrauen schenken? — Nein, und abermals nein, mit dieser Wirthschaft muß aufgeräumt werden. Der Bürger hält ja das Mittel dazu in der Hand. Die Neuwahl des Gemeindeausschusses steht bevor; es ist Pflicht eines jeden Bürgers, dem es um die Wohlfahrt seiner Gemeinde zu thun ist, eine andere Gemeindevertretung zu wählen. Wählt daher, ihr Bürger, die von der Opposition als Candidaten aufgestellten Männer!"

(Lebrecht wirft in großer Erregung das Zeitungsblatt auf den Tisch und springt erregt auf.)

Genug des teuflischen Giftes! Wie niederträchtig und unverschämt, solche Verleumdungen und Verdächtigungen in die Oeffentlichkeit zu schleudern! Die große Menge ist nur zu leicht geneigt, das zu glauben, was in der Zeitung gedruckt steht; sie fragt nicht, ist das Alles auch wahr, was da in einem solchen Revolverblatte steht? Es muß ja doch daran etwas Wahres sein; denn sonst könnte man doch nicht so frech sein, solche schmachvolle Nachrichten durch die Zeitung zu verbreiten. Und dennoch enthalten sie nichts als perfide Verleumdungen und Verdächtigungen, niedere Angriffe gegen meine Person, um mich bei den Wählern zu discreditiren und ihres Vertrauens zu berauben; und dies noch unmittelbar vor den schon morgen beginnenden Gemeindeausschußwahlen. Der Anwendung solcher schlechten Mittel hätte ich Wellerberg doch nicht fähig gehalten! Es ist offenbar sein Werk, welches ihm keine guten Früchte tragen wird. Mallich ist ein . . ., dem nichts heilig ist. Er ist ehrvergessen und gewissenlos genug, um sein Blatt solchen Angriffen zur Verfügung zu

stellen. Heute wandert dieses Schmähblatt in der Stadt, im
Bezirke und im ganzen Lande von Hand zur Hand, ich
werde von Vielen gerichtet und verurtheilt, ohne auch nur
dem Namen nach gekannt zu sein. Mein Name, mein Ruf,
meine Ehre ist gebrandmarkt, ohne auch nur einen Finger
zu meiner Vertheidigung gerührt zu haben. Das ist nicht
Preßfreiheit, das ist die Preßfrechheit. Wehe dem, der einem
solchen von der Regierung concessionirten Revolverblatte zum
Opfer fällt! Werden alle gesetzlich gebotenen Vertheidigungs=
mittel mir meinen unbefleckten Namen, meinen guten Ruf,
meine Ehre zurückgeben? Niemals. Nach den Bestimmungen
des Preßgesetzes kann ich die Aufnahme einer Berichtigung
in dem nächst erscheinenden Zeitungsblatte verlangen und die
strafgerichtliche Verfolgung wegen Verleumdung oder Ehren=
beleidigung veranlassen. Inzwischen werden aber Wellerberg
und Mallich ihren Zweck erreicht haben, indem ihre Partei
bei den Gemeindewahlen den Sieg erlangt.

(Dr. Egmont Lebrecht und Zörner erscheinen durch den Haupteingang
aus der Mittelthüre.)

9. Scene.

Dr. Lebrecht sen., Dr. Lebrecht Egmont, Dr. Zörner.

(Dr. Zörner geht nach einer stillen Verbeugung vor Dr. Lebrecht sen.
zu seinem Schreibtische, nimmt an demselben Platz und liest die von
Lebrecht sen. eröffneten Actenstücke, Dr. Lebrecht sen. schreitet im
Zimmer rasch und lebhaft auf und ab, von den Eintretenden anfänglich
keine Notiz nehmend, Egmont tritt auf ihn zu und spricht ihn mit
besorgtem Blicke an.)

Dr. Egmont

Vater! Du bist so erregt. Solltest Du bereits gelesen
haben?

Dr. Lebrecht sen. (lebhaft erregt)

Wie ich in dem heute ausgegebenen Schmutzblatte
besudelt werde? Ja, dort liegt das Schandblatt jenes erbärm=
lichen Wichtes Mallich, ich würde ihn erwürgen, wenn er
jetzt mir in die Hände käme, doch ist es ja nicht so sehr sein

Werk als vielmehr ein wohl berechneter Schlag des Dr. Wel=
lerberg.

Dr. Egmont.

Vater! glaubst Du, daß Wellerberg so schlecht, so
erbärmlich handeln könnte?

Dr. Lebrecht sen.

Ganz gewiß, Du kennst ihn nicht so, wie ich diese tückische
Schlange kennen gelernt habe, welche stets im Verborgenen
lauert, um mit ihrem giftigen Bisse zu verwunden — und
zu töbten.

Dr. Egmont.

O Vater! Wellerberg mag ein heftiger, leidenschaftlicher
und ränkesüchtiger Mann sein, doch für so schlecht halte ich
ihn nicht, daß er zu derlei verwerflichen Mitteln greifen
sollte, um seinen Gegner niederzuwerfen. Ich war früher,
bevor die Verhältnisse soweit gediehen, viel in seinem Hause
und in seiner Gesellschaft und habe ihn da als einen achtungs=
werthen wenn auch ehrsüchtigen und leidenschaftlichen Mann
kennen gelernt. Nur Mallich ist solcher Niedertracht fähig
und ich halte dafür, daß der Artikel einzig und allein von
Mallich verfaßt und in den Druck gegeben wurde. Mallich
ist unserer Familie weit mehr feindlich gesinnt als Wellerberg.

Dr. Börner (mit einem scharfen Blicke auf Dr. Egmont).

Dr. Egmont mag wahr gesprochen haben; auch ich theile
die Meinung Dr. Egmonts, nur kann ich nicht glauben, daß
Emma, die Tochter Mallichs, von der Sache Kenntniß hat,
sie, welche ja eigentlich das Blatt redigirt, würde niemals
zugegeben haben, daß ein solcher Schmähartikel in das Blatt
aufgenommen werde. Ihr Vater muß da ohne ihr Vorwissen
gehandelt haben. Wie er es wohl unternommen haben mag,
den Artikel einzuschmuggeln, ist mir nicht erklärlich. Unerhört
ist die Verdächtigung mit den Schulgeldresten, nachdem es
doch in der Gemeinde allgemein bekannt ist, daß diese Reste
bereits bestanden haben, als die Schulgeldeinhebung von

dem Ortsschulrathe an die Gemeindevertretung übertragen
worden war. Den Rechnungsführer und Cassier des Orts=
Schulrathes hat allein die Verantwortung zu treffen und
er wird dieselbe zu tragen haben.

Dr. Lebrecht sen.

Ja, ebenso ist es in der Gemeinde bekannt, daß der
Steuergeldfond schon zur Zeit, als ich vor 15 Jahren die
Leitung der Gemeindeverwaltung als frei erwählter Bürger=
meister übernahm, nur am Papier vorhanden war. Das hier=
über bei meinem Antritte der Bürgermeister=Stelle aufgenom=
mene Constatirungsprotokoll ist glücklicher Weise noch in meiner
Verwahrung; es ist von allen damaligen Mitgliedern des
Stadtrathes, sowohl von den damals abgetretenen Functio=
nären als auch den neueingetretenen Uebernehmern eigen=
händig mitgefertigt. In welchem erbärmlichen Zustande ich
vor 15 Jahren die Gemeindeverwaltung überbekam, davon
können noch viele lebende Gemeindeglieder Zeugniß ablegen.
Mit großer Beruhigung kann ich dem Tage entgegensehen,
wo ich die Gemeindeverwaltung in andere Hände werde
übergeben können. Das Vertrauen der Mitbürger läßt sich
nicht erzwingen; es geht ebenso schnell verloren, als es
erworben wird. Niemand vermag es aus eigener Macht
festzuhalten.

Dr. Zörner.

Die besser denkenden Bürger sind wegen des ungegrün=
deten Schmähartikels entrüstet; es fiel im Casino, wo ich
am heutigen Nachmittage mit Dr. Egmont, unserer Verab=
redung gemäß, zusammentraf, manch' schweres Wort gegen
den so niederträchtigen Angriff; ich fand allseitige Unter=
stützung, als ich wider denselben scharf zu Felde zog. Ich
glaube nicht, daß die Wähler des 1. und 2. Wahlkörpers
dadurch auf die Seite der Gegner werden gezogen werden.
Anders wohl mag es mit den Wählern des 3. Wahlkörpers
sein, weil dieselben weniger selbstständig denken und handeln,
und daher den Verdächtigungen eher williges Gehör schenken.

Dr. Lebrecht sen.

Ich fürchte, daß durch diesen schmählichen Angriff unmittelbar vor der Wahl auch die meisten von den Wählern des 1. und 2. Wahlkörpers den Gegnern sich anschließen werden, daß ich mit den mir noch treu bleibenden Anhängern diesmal unterliegen werde. Ich bleibe dabei, Niemand Anderer als Wellerberg ist der Urheber dieses tödtlichen Schlages; der anzustrengende Strafproceß mag hierüber Licht und Klarheit bringen. Das Tischtuch zwischen ihm und mir ist nun total zerschnitten!

Dr. Egmont

O weh mir Armen! Nun ist alle meine Hoffnung, all' mein Glück dahin! Daß es soweit kommen mußte! Helene! Was wird mit uns werden! (birgt sein Gesicht in seine Hände.)

Dr. Lebrecht sen.

Was ist das mit Helene, was hat Helene mit ihrem Vater Wellerberg, was mit Deinem Schmerze zu thun?

Dr. Egmont.

O, mein Vater! Das Schicksal spielt grausam mit mir! Ich liebe Helenen mit der ganzen Kraft meines Herzens und Helene liebt mich nicht minder. Der Traum war schön. Kann ich jetzt, wo Dir so viel des Leids zugefügt wird, mein Vater, darf ich jetzt je auf eine Vereinigung mit Helenen hoffen? Lange hatte ich mir vorgenommen, Dir von der Wahl meines Herzens, von meiner Liebe zur Helene Mittheilung zu machen und um Deine Einwilligung zu unserem Herzensbunde zu bitten. Ich hoffte eben in dieser Vereinigung ein Mittel zur Versöhnung der Väter zu finden. Aber nun glaube ich kaum an die Möglichkeit der Erfüllung meines Herzenswunsches. O Himmel! warum verfährst Du gar so hart mit mir und mit Helenen, diesem reinen unschuldsvollen Kinde! —

Dr. Lebrecht sen.

Ich würdige Deinen Schmerz, Egmont! Die Kinder lieben sich, wo die Väter hassen. (Heftig ausrufend.) Soll der

Haß der Väter auch die Liebe der Kinder in ihren Herzen
ertödten? Mag die Verdächtigung mir das Vertrauen der
Bürger entziehen, mag sie mir Alles nehmen, was ich mir
im Kampfe des Lebens erworben, nur das Glück meines
Kindes, meinen häuslichen Frieden soll sie nicht zerstören!
(fällt seinem Sohne Egmont in die Arme und beide halten sich
umschlungen, während dem erscheint Frau Lebrecht in Besuchstoilette
vollständig angethan — in der Thüre aus ihrer Wohnung.)

10. Scene.

Lebrecht sen., Egmont, Dr. Zörner, Frau Lebrecht.

Frau Lebrecht.

Was ist hier vorgefallen? Ich hörte mit großer Leb=
haftigkeit sprechen, als wäre ein Unglück geschehen, — und
nun sehe ich Vater und Sohn in inniger Rührung und
Umarmung! Darf die Frau, darf die Mutter nicht wissen,
was diese Bewegung verursacht hat, was dies Alles be=
deuten soll?

Lebrecht sen.

Ja, Alles sollst Du erfahren; habe ich je ein Geheimniß
vor Dir gehabt in Sachen, die unsere Familie berührten?
Die Bosheit hat gegen unser friedliches Haus einen schweren
Streich geführt. Hier, nimm dieses Schandblatt (die Zeitung
zitternd vor Aufregung der Frau Lebrecht reichend) und lies die
gegen mich gerichteten Schmähungen und Du wirst die Größe
und Heftigkeit unserer Erregung ermessen.

(Frau Lebrecht läßt sich auf einem Fauteil nieder, welchen Dr. Zörner
rasch herbeigezogen und liest still das Blatt.)

Dr. Zörner (zu Egmont gewendet).

Freund, verzage nicht, sei stark, es kann ja Alles noch
gut werden. Wer sich selbst aufgibt, der ist verloren. Freilich
können wir die einmal geschehene Veröffentlichung nicht
ungeschehen machen. Die Neuwahlen in den Gemeindeausschuß
werden zeigen, daß die Wähler das Vertrauen zu Herrn
Dr. Lebrecht noch nicht verloren haben. Eine zu erlassende

Berichtigung und Darlegung des richtigen Sachverhaltes wird noch zur rechten Zeit die schwankenden Wähler festhalten und unserer Partei, der Partei des Herrn Dr. Lebrecht, die Majorität der Stimmen sichern. (Zu Dr. Lebrecht sen.) Wir dürfen uns durch solche ungegründete Verdächtigungen nicht einschüchtern und zurückdrängen lassen, sondern mit dem guten Bewußtsein und altgewohnten Muthe kämpfen.

Frau Lebrecht

(läßt das Zeitungsblatt aus den Händen gleiten und fällt sichtlich erregt in den Sessel zurück).

Das ist infam, das ist mehr als schlecht und nieder=
trächtig. Ja, nun verstehe ich, was Euch hier so tief bewegt und aufgeregt hat.

Lebrecht sen.

Doch noch, liebe Frau, weißt Du nicht Alles. Egmont machte mir soeben in dieser fürchterlichen Stunde das Geständniß, daß er die Tochter Helene des Wellerberg, meines Feindes und Gegners, liebt, daß sie ihn wieder liebt.

Frau Lebrecht.

Ah, mein Sohn, lange ahnte ich, daß mit Dir eine Veränderung vorgegangen ist, daß Du liebst. Nun das wäre gerade nichts Unerwartetes; aber daß es die Tochter Weller=
bergs ist, welche Du liebst, das hätte ich freilich nicht erwartet.

Egmont (vor seiner Mutter auf die Kniee fallend).

O meine Mutter, ja ich liebe Helene, die Tochter Wellerbergs, mit der vollen Kraft meines Herzens! und sie — sie liebt mich wieder. — Verzeihe mir, Mutter, ich habe lange angekämpft gegen dieses heilige Gefühl des Herzens, das man Liebe nennt; doch ich fühlte, daß ich nur Helene allein lieben könne, daß ich nur mit ihr glücklich werden könne. Heute Abends wollte ich Dir und Vater mein Herz eröffnen und Euch um Euere Einwilligung bitten. Der Schmerz um den Vater erschloß früher meine Brust und Zunge in einer Stunde der heftigsten inneren Erregtheit.

Frau Lebrecht (Egmonts Hände fassend).

Steh' auf, mein Sohn — (beide erheben sich). Der Vater und ich wollen ja nur Dein Glück. Du hast Dir eine selbstständige Stellung in der menschlichen Gesellschaft errungen, wir werden Deiner Wahl nicht entgegentreten. Gebe nur Gott, daß auch Wellerberg zustimme. Wie steht's mit Wellerberg weiß er um Deine Liebe zu seiner Tochter und ist er nicht gegen Euere Vereinigung?

Egmont.

Wellerberg ist noch nicht unterrichtet, wohl aber dessen Gattin, sie billigt unseren Herzensbund und wird auch ihren Ehegatten für uns stimmen.

Frau Lebrecht.

Ich fürchte, Wellerberg werde nicht so leicht zu gewinnen sein.

Egmont.

O wie danke ich Euch, meinen guten Eltern, für Euere Liebe, für Euere Nachsicht; niemals werde ich der unheilvollen Stunde vergessen, welche Euch und Euerem Sohn die Bosheit bereitet, mir aber zugleich das Glück und frischen Muth gebracht hat. Die Liebe, die uns zu so schöner Harmonie verbindet und uns Trost und Aufrichtung im größten Leide gewährt, werden uns unsere Widersacher niemals entreißen.

(Egmont verneigt sich, um seiner Mutter die Hand zu küssen, während dem hört man vor dem Haupteingange in der Mitte die Stimme des Balthasar Mayer lebhaft rufen.)

11. Scene.

Mayer. — Die Vorigen.

Mayer (hinter der Bühne).

Laßt mich zurück, um diesem elenden Schuft einen würdigen Denkzettel für immer zu geben.

Lebrecht sen. (öffnet rasch die Thür des mittleren Haupteingangs und ruft hinaus).

Was ist denn das für ein unanständiges Lärmen — Mayer, was soll denn das?

(Mayer erscheint mit den 2 Schreibern des Dr. Lebrecht in der geöffneten Thüre.)

12. Scene.

Mayer, zwei Schreiber, Lebrecht sen., Frau Lebrecht, Egmont und Dr. Börner.

(Mayer bleibt an der Thür und schließt solche, nachdem die zwei Schreiber eingetreten. Die Schreiber nehmen nach wiederholten tiefen Verbeugungen an ihren Schreibtischen Stellung.)

Mayer.

Um Vergebung, gnädiger Herr; aber ich konnte mich nicht mehr bemeistern; es ist schändlich, niederträchtig von diesem Mallich — so etwas von unserem guten Herrn in seiner Zeitung zu drucken. —

Lebrecht sen.

Fasse Dich kurz, Mayer!

Mayer.

Denken Sie, ich gehe von hier in das Gasthaus zum Mertens, wo der Veteranen-Vereinsausschuß seine Sitzungen hält. Da waren bereits alle Ausschußmänner versammelt und Horchon der Fleischer führte das Wort, daß die Mitglieder bei der Gemeindewahl nur für die Candidaten der Wellerbergs-Partei stimmen sollen; er brachte die heute erschienene Nummer des Mallich'schen Localblattes hervor und las daraus einen Schmähartikel vor, welcher die gröbsten Beschuldigungen gegen die jetzige Gemeindeverwaltung und insbesondere gegen meinen Herrn enthielt. Ich erklärte nach dem Vorlesen die Beschuldigungen als ungegründet, rundweg als infame Lügen, welche nur dazu bestimmt seien, meinen Herrn in den Augen der Wähler herabzusetzen und zu beschimpfen; ich wog die Worte eben nicht auf der Wagschale und bezeich=

nete dabei Jeden für einen ehrlosen Wicht, der solche Lügen
für wahr halte und verbreite. Viele meinten, es müsse doch
nicht Alles so rein sein in der Gemeinde und es wäre gut,
wenn einmal ein Wechsel in der Gemeindevertretung ein=
träte, wenn daher der Partei Wellerbergs die Stimmen
gegeben würden. — Das wäre ein offenes Mißtrauen, ent=
gegnete ich, gegen den Bürgermeister Dr. Lebrecht, wozu
doch gar kein Grund vorhanden sei; persönliche Feindschaft
und Gehässigkeit sei es allein, von welcher die Gegner des
Bürgermeisters eingenommen seien.

Lebrecht sen.

Weiter, weiter Mayer, komme zu Ende.

Mayer.

Da ich mit meiner Meinung nicht durchdringen konnte,
verließ ich erzürnt das Locale und die Versammlung. Auf
dem Wege nach Hause begegnete mir gerade vor dem Ein=
gange in das Haus der Bösewicht Mallich, der alte Soldat
erwachte in mir, der Zorn packte und übermannte mich, ich
ergriff den Hallunken, als er frech an mir vorbeiging und
mit hämischem Lächeln zu den Fenstern meines gnädigen
Herrn emporsah, beim Rockkragen und stellte ihn zur Rede,
wie er sich unterfangen konnte, gegen meinen Herrn so grobe
Lügen und Verleumdungen zu drucken. Vor Wuth schnaubte
er; da kamen die beiden Herren Schreiber und andere Leute
herbei, welche mich zur Ruhe und Freilassung des Mallich
mahnten, weil mir sonst Unannehmlichkeiten entstehen könnten.
Ich gab Gehör, ließ den Nichtswürdigen mit einem sanften
Rucker (mit der Hand eine heftige Bewegung machend) los und
ging mit den Herren hier ins Haus. Mallich machte sich
eiligst aus dem Staube.

Lebrecht sen.

So weit, Mayer, hättest Du Dich nicht hinreißen lassen
sollen. Mallich wird beim Gericht klagen und Du wirst
unangenehme Folgen tragen.

Dr. Börner.

Es wird schwer sein, die Sache mit dem rachesüchtigen Mallich im gütlichen Wege auszutragen, doch werde ich hiezu alle Schritte versuchen und dies noch heute.

Mayer.

Und sollte ich auch für meinen gnädigen Herrn ein paar Tage brummen, was liegt daran? Ein alter Soldat weiß sich in seine nothwendige Lage zu finden, meine Conduite wird deshalb wegen eines solchen Wichtes von einem Zeitungshelden nicht schlechter.

Lebrecht sen.

Um den Angriff zu pariren, ist keine Zeit zu verlieren; es heißt nun handeln. Zunächst auf das Stadthaus; ich werde die Stadträthe zu einer Sitzung sofort einberufen und ihnen die Angelegenheit vortragen; ich werde nichts unternehmen, ohne vorher die Meinungen der Stadträthe eingeholt zu haben; ich werde mit ihnen die Berichtigung vereinbaren, welche in der nächsten Nummer des Mallich'schen Localblattes Aufnahme finden müsse; sodann mit dem Herrn Regierungsrathe und dem Staatsanwalte conferiren, um die weiteren Schritte gegen diesen Schmähartikel einzuleiten.

Frau Lebrecht.

Ich war eben im Begriffe, dem Fräulein Emma Mallich einen Besuch zu machen, welchen ich ihr schon seit längerer Zeit zugedacht habe; nun halte ich den Besuch um so nothwendiger, da Emma doch von dem Schmähartikel Kenntniß haben müsse und bei ihrer Freimüthigkeit und ihrem Edelsinne nicht ermangeln werde, nähere Aufklärung zu geben. Ich bin überzeugt, daß sie selbst keinen Antheil habe; das arme Kind ist zu bedauern, daß es unter dem Drucke eines solchen ehrvergessenen Vaters leben und dulden müsse. Du, mein Sohn Egmont, magst mich begleiten, falls der Vater Deiner nicht bedarf.

Lebrecht sen.

O es ist mir sehr lieb, daß Egmont mit Dir gehe, bin ich dann doch minder besorgt um Dich. Komme, Mayer, folge mir in mein Zimmer, ich will mich zum Ausgehen bereit machen. (Seine Gattin küssend.) Lebe wohl, Elise. (Zu Egmont.) Sei gegrüßt, Egmont. (Zu Dr. Zörner.) Auf Wiedersehen, Herr Zörner! (Ab mit Mayer.)

13. Scene.

Vorige ohne Dr. Lebrecht sen. und Mayer.

Egmont.

Ich bin bereit, meine liebe Mutter, mit Dir zu gehen. (reicht ihr den Arm) Dr. Zörner hat ja auch bei Mallich zu thun, denn die Sache Mayer's ist dringend. (Zu Dr. Zörner gewendet.) Will mein Freund nicht gleich mit uns gehen?

Dr. Zörner.

Entschuldige, Egmont, ich will erst hier die Geschäfte abfertigen; geh' nur einstweilen mit der gnädigen Frau voraus, ich komme bald nach und hoffe Dich dort noch zu treffen.

Egmont.

Nun also auf baldiges Wiedersehen, lieber Zörner! im Hause des — Mallich —

(reicht Zörner die Hand und geht mit Frau Lebrecht durch den mittleren Haupteingang ab. Dr. Zörner begleitet die Abgehenden zur Thüre, vor Frau Lebrecht sich tief verneigend und geht dann zu seinem Schreibtische zurück, an welchem er Platz nimmt, während die beiden Schreiber sich von ihren Sitzen erheben und tiefe Verbeugungen vor den sich Entfernenden machen.)

14. Scene.

Dr. Zörner und zwei Schreiber (an ihren Schreibtischen beschäftigt).

Dr. Zörner.

Es wird Zeit, daß diese Gemeindewahlen zum Abschlusse gelangen. Die Kanzleigeschäfte leiden darunter und gerathen in Rückstand; ich werde dann zu thun haben, um wieder current zu werden. (Erhebt sich mit einem Acte in der Hand und geht zum 1. Schreiber.) Hier — diese concipirte Einrede muß bis übermorgen Vormittags in duplo vollständig ausgefertigt und beim Gerichte eingereicht werden, damit der Termin nicht versäumt werde.

Erster Schreiber.

Wird geschehen — die Nullitätsbeschwerde in causa Laudich's ist mundirt und collationirt — es fehlt nur noch die Unterschrift.

Dr. Börner.

Ist gut. Wie steht's mit unseren Candidatenlisten zur Gemeindewahl; sind sie in die richtigen Hände gelangt? Sie hatten nach meiner Weisung die Vertheilung zu überwachen.

Erster Schreiber.

Es ist Alles auf's Beste besorgt. Auf den dritten Wahlkörper darf von unserem Herrn nicht mehr gerechnet werden, der ist für ihn verloren und für Wellerberg gewonnen. Der zweite Wahlkörper steht noch fest zu unserem Herrn, die große Mehrzahl der Stimmen ist ihm gesichert. Der erste Wahlkörper dürfte zweifelhaft geworden sein, seitdem das Localblatt mit dem Schmähartikel erschienen ist. Dieses Blatt war in kurzer Zeit ganz vergriffen.

Dr. Börner.

Ja, ja, ich wollte die ganze Auflage, soweit sie nicht schon an die Abonnenten abgegeben war, an mich bringen, kam aber schon zu spät; nur einen Theil konnte ich noch erlangen und der ist in der Hand des Dr. Egmont. (Zum zweiten Schreiber.) Und wie ist's mit Ihrer Mission?

Zweiter Schreiber.

Die Candidatenliste der Gegenpartei ist noch immer nicht versendet und doch wählt schon übermorgen der dritte Wahlkörper; ich habe hierüber mit dem Setzer in der Druckerei, meinem Freunde, gesprochen; er sagte mir, sie sei ihm noch gar nicht zugekommen.

Dr. Zörner.

Ich danke den Herren für Ihre Thätigkeit im Interesse unseres Chefs. Ihre Mittheilungen sind für mich von Wichtigkeit und großem Werthe. Wollen Sie die Wachsamkeit nur noch wie bisher fortsetzen und Ihre Wahrnehmungen mir ohne weiters und ohne Rückhalt mittheilen. Ich baue auf Ihre ehrliche und hingebende Unterstützung und bin überzeugt, daß ich Ihnen vollkommen vertrauen darf.

Erster Schreiber.

Gewiß, Herr Doctor, für unseren Chef scheuen wir keine Mühe, keine Arbeit. Wir gehen für ihn durch's Feuer.

Dr. Zörner (auf die Uhr blickend).

Ihre Arbeitsstunden, meine Herren, sind vorüber, ich will Sie nicht weiter zurückhalten. Guten Abend, meine Herren, und gute Wacht!

(Die Schreiber richten rasch ihre Tische in Ordnung, erheben sich und ergreifen ihre Hüte und gehen nach einer tiefen Verneigung vor Dr. Zörner ab durch den mittleren Haupteingang.)

15. Scene.
Dr. Zörner allein.

Die Säumigkeit der Gegner in der Ausgabe ihrer Candidatenliste ist zwar befremdend, aber für mich vom großen Vortheile, ich werde sie benützen. Die Situation wird übrigens immer verwickelter. Der perfide Angriff des Mallich in seiner Zeitung gegen meinen Chef ist unerhört, er wird so manchen schwankenden Wähler von unserer Partei abwenden. Die Wiederwahl des Dr. Lebrecht sen. zum Bürgermeister wird immer zweifelhafter, es gilt nun, mit dem Aufgebote aller List und Kraft einzugreifen, um unser Ziel dennoch ungeachtet der Anstrengungen der Gegner zu erreichen. Wellerberg dürfte sich zuletzt doch noch verrechnet haben. Sein Name hat keinen guten Klang bei den Bürgern. Duobus litigantibus tertius gaudet. Wie nun, könnte dieser Tertius nicht Dr. Egmont werden? Egmont ist beliebt, hat einen großen Anhang besonders in der jüngeren thatkräftigen Welt. Es könnte einzig nur sein jugendliches Alter Anstoß erregen! Egmont — als Bürgermeister — welche herrliche Idee! Eine junge energische Kraft thäte wahrlich Noth in der Gemeinde. Wellerberg darf mit seiner Partei des Egoismus nicht an's Ruder kommen! Und die Fehde zwischen Lebrecht sen. und Wellerberg? — der Krieg im Frieden — könnte er nicht zur glücklichen Lösung geführt werden? Ich werde die Idee bei den gewählten Ausschüssen anregen, meine Freunde werden mich unterstützen, und geht der Antrag durch, so ist ja Allen geholfen, der Parteienzwist wird begraben und die längst verschwundene Harmonie wird als guter Geist in die Gemüther einziehen. Dr. Lebrecht sen. würde wohl nicht gegen seinen Sohn sein, er bliebe ja immer noch als Abgeordneter für den Landtag und Reichsrath. Wellerberg mag an Stelle des Dr. Lebrecht sen. zum Obmanne der Bezirksvertretung gewählt werden. So würden Alle befriedigt sein! Ist Egmont Bürgermeister, wird Wellerberg ihm dann die Tochter nicht verweigern. Egmont und Helene werden dann glücklich vereinigt sein! — Mir allein winkt kein Hoffnungsstrahl! Mein Herz liebt Emma, aber noch bin ich nicht selbstständig, in einem halben Jahre werde ich erst meine Praxis beenden und dann die Advocaten-Prüfung zurücklegen. Ob Emma meine Liebe zu ihr wohl ahnen und empfinden mag! Ob sie mich wiederliebt? sie ist mir immer so freundlich und liebreich entgegengekommen, ob aber meines Herzens Stimme in dem ihren wiederhallet? Auch hierüber muß mir bald Licht und Klarheit werden. Habe ich nicht Wichtiges bei Mallich zu ordnen? Habe ich nicht Egmont zugesagt, mit ihm dort zusammenzutreffen?

16. Scene.

Mayer (aus Dr. Lebrechts sen. Zimmer kommend). **Dr. Börner.**

Dr. Börner.

Ah sieh' da, Mayer, noch hier?

Mayer.

Ja, der gnädige Herr hat das Haus bereits von der Gartenseite aus verlassen.

Dr. Zörner.

Mayer, gerade habe ich darüber nachgedacht, wie Ihre fatale Geschichte mit Mallich wohl am besten ohne gerichtliche Dazwischenkunft geschlichtet werden könne. Nun, wir wollen zunächst zu erfahren suchen, welche Schritte Mallich zu unternehmen gedenkt.

Mayer.

Ich danke Ihnen, Herr Doctor, aber bei Gott, ich konnte nicht anders, das Soldatenblut kochte über.

(Man hört ein Klopfen an der mittleren Haupt=Eingangsthür.)

Dr. Zörner.

Sieh' zu, Mayer, wer da noch Einlaß begehrt?

(Mayer öffnet — und herein treten unter ungeschickten Verneigungen Heinrich und Susanna. — Mayer bleibt im Hintergrunde.)

17. Scene.
Heinrich Trost, Susanna Wahr, Vorige.

Dr. Zörner.

Was wollt Ihr Leute noch so spät? Die Kanzleistunde ist bereits vorüber, wollet daher kurz sein!

Heinrich.

Ich bin der Diener des Dr. Wellerberg, bin dort des Dienstes bereits überdrüssig, hier Susanna Wahr mit dem Weißwaarenhandel in der Prager Straße (Susanne vorstellend). Unsere Herzen haben sich in Liebe gefunden und wir wollen uns heiraten. Verzeihen Sie, Herr Doctor, wenn wir uns etwas verspäteten; aber mein Dienst bei Wellerberg ließ mich nicht früher freie Stunden finden. Dr. Wellerberg ist mit Frau und Tochter zu Mallich gegangen — und dadurch bekam ich Luft.

Dr. Börner.

Also heiraten wollt Ihr lieben Leute, und nun was soll ich dazu thun? Soll ich Euch einen Ehevertrag anfertigen?

Heinrich.

Das ist es eben nicht allein, weshalb wir hierher gekommen sind. Sehen Sie, Herr Doctor, ich bin zwar Christ, aber Susanna ist Jüdin, wie Herrn Doctor bekannt sein dürfte; damit wir uns heiraten können, müssen wir uns nach dem Gesetze confessionslos erklären —

Dr. Börner.

Allerdings ist das wohl das einzige Mittel, doch habt Ihr diese Erklärung nicht hier, sondern vor dem Herrn Regierungsrathe abzugeben, welcher, wenn sonst Euere Zeugnisse in Ordnung sind, nach dem zu erlassenden Aufgebote die Civiltrauung vorzunehmen hat. Was den Ehecontract betrifft, so dürfte es besser sein, solchen vom Notar aufnehmen zu lassen.

Heinrich.

Nun hörst Du, Susanne, was der Herr Doctor sagt, der Herr Doctor weiß für Alles Rath — morgen gehen wir zum Herrn Regierungsrathe mit unseren Zeugnissen und dann zum Notar.

Dr. Börner.

Ja wohl, gute Leute, so werdet Ihr am besten Euere Sache fördern. (Zu Heinrich gewendet.) Sie sagten doch, daß Sie im Dienste des Dr. Wellerberg ständen? Mallich, der Zeitungsherausgeber, kommt doch öfter zu Wellerberg. Wann war Mallich wohl zuletzt bei Wellerberg?

Heinrich.

Mallich war gestern Nachmittags zum letzten Male bei Wellerberg, er kam in letzterer Zeit häufiger als sonst und es wurde bei den Zusammenkünften viel über die bevorstehenden Gemeindewahlen gesprochen.

Dr. Börner.

War auch gestern Nachmittags davon die Rede zwischen Wellerberg und Mallich?

Heinrich.

Gestern Nachmittags wurde heftig über einen Artikel verhandelt, der in der Zeitung des Mallich aufgenommen werden sollte. Der Artikel mochte, soviel ich aus den Reden entnehmen konnte, gegen Dr. Lebrecht, den Bürgermeister gerichtet gewesen sein. Mallich hat die Schrift vorgelesen. Wellerberg wollte aber davon nichts wissen und hat von dem Drucke und der Veröffentlichung abgerathen, weil es für Mallich und seine Zeitung unangenehme Folgen nach sich ziehen könne.

Dr. Börner.

So, so, ich danke Ihnen für Ihre Mittheilung.

Heinrich.

O Herr Doctor, wir sind Ihre Schuldner. Bitte, was haben wir zu berichtigen?

Dr. Börner.

Ich wünsche Euch, liebe Leute, daß Euch die Civilehe Glück und Segen bringe.

Susanna.

Schönen Dank, Herr Doctor! Glauben Sie, Herr Doctor, daß die Civilehe ebenso viel gelte als die Ehe nach Moses' Gebot?

Dr. Börner.

Ganz gewiß, sie beruht ja auf dem Verfassungsgesetze!

Susanna.

Aber wie, Herr Doctor, wenn dieses Gesetz einmal aufgehoben werden sollte? Wird dann unsere Ehe fortbestehen können?

Dr. Börner.

Seien Sie, mein Fräulein, ganz unbesorgt; Ihre einmal geschlossene Civilehe wird die Giltigkeit nicht verlieren, es wäre denn, daß Sie mit Heinrich darüber übereinkommen, die Ehe wieder aufzulösen.

Susanna.

O bewahre, das werden wir nicht thun, nicht wahr, Heinrich?

Heinrich.

O niemals, meine Liebe, nur der Tod wird uns von einander trennen.

Dr. Börner.

So recht, meine Lieben, brauchen Sie auch weiterhin meinen Rath, meine Unterstützung, so kommen Sie nur immerhin zu mir, Sie werden mich stets bereit finden, Ihnen zu dienen.

Heinrich und Susanna.

Unseren besten Dank, Herr Doctor!

(Verbeugen sich Beide und gehen langsam ab.)

Dr. Börner (reicht den Beiden im Abgehen die Hand).

Leben Sie wohl und glücklich!

(Heinrich mit Susanna ab.)

18. Scene.

Dr. Börner und Mayer.

Dr. Börner.

Die guten Leute! Wie glücklich sie sind — die Civilehe gewinnt immer mehr festen Boden, sie sollte durch alle möglichen Erleichterungen und Belehrung gefördert werden, denn in ihr liegt ein kräftiges Mittel zur Beseitigung des Antisemitismus, der bedauerlicher Weise in letzterer Zeit schroff hervorgetreten ist, ungeachtet der eifrigen Sorgfalt und Bemühung der Regierung, welche in ihrem Programm als obersten Grundsatz die Versöhnung der Völker und Nationen aufgestellt hat. Die Notiz, die ich von Heinrich erfuhr über den famosen Zeitungsartikel gegen meinen Chef, ist für mich nicht ohne Gewicht. Darnach ist also nicht Wellerberg der Urheber des Artikels, wie Bürgermeister Dr. Lebrecht ange= nommen und ich vom Anfang an bezweifelt habe. Dem Dr. Egmont wird diese Nachricht besonders angenehm sein, sie wird sein erschüttertes Herz einigermaßen erleichtern. Das ist heute ein bewegter Tag! — Nun zu Mallich. — Es ist die höchste Zeit. — Egmont wird mich wohl ent= schuldigen, wenn er die Ursache meiner Verspätung erfahren wird, sie bringt ihm ja gute Botschaft. — Grüß Gott, Mayer! — (den Hut ergreifend.)

(Mayer verbeugt sich und öffnet die Thür des mittleren Hauptein= ganges, durch welche Dr. Zörner abgeht.)

(Der Vorhang fällt.)

Dritter Act.

Wohnung des Zeitungsherausgebers Wenzl Mallich, Salon mit einer in den Garten auslaufenden Veranda.

1. Scene.

Fräulein **Emma Mallich**, Frau **Wellerberg**, deren Tochter **Helene**.
(Frau Wellerberg einerseits, Emma und Helene andererseits sitzen an einem Tische mit Arbeiten beschäftigt.)

Frau Wellerberg (eine Zeitung vor sich habend).

Leben wir nicht in einer recht verwunderlichen Zeit? Da auf der einen Seite der Zeitung der schreckliche Mensch, der Mädchenmörder, und das rothe Gespenst der Socialisten und Anarchisten mit ihren verbrecherischen Greueln — auf der anderen Seite wieder der in den höchsten Kreisen der Residenz spielende Spuk der Spiritisten. Dazu der National- und Parteihader — heute ist der Deutsche — morgen der Ceche — übermorgen der Pole obenauf am Ruder; nicht reden will ich von dem Antisemitismus. Selbst hier am Lande kann man des Lebens nicht froh werden, die Parteiungen herrschen in allen Gemeinden. Ist das die Ruhe, der Frieden der allgemeinen christlichen Nächstenliebe? War man diesem schönen Ziele in früherer Zeit vor der Aufrichtung des sogenannten Verfassungsstaates nicht weit näher gekommen als jetzt?

Fräulein Emma.

Wir leben noch immer in dem Zeitalter des Uebergangs von dem starren Absolutismus zu dem freiheitlichen System des Verfassungs- und Rechtsstaates. Ein solcher Uebergang kann ohne tief einschneidenden Proceß, ohne Stürme, ohne Zersetzung alt hergebrachter, mit dem Scheine der Berechtigung ausgestatteter Formen nicht vermittelt werden. Sehen wir in der Weltgeschichte ungeachtet aller Störungen und Hemmungen, ungeachtet aller Auswüchse und schauderhaften Verbrechen nicht doch ein, wenn auch langsames Fortentwickeln und Fortschreiten des großen lebendigen Völkergeistes?

Helene.

Nun, den Spiritisten in Wien ist die Lust recht verleidet worden, die Geister der im Grabe ruhenden Ahnen zu beschwören! Unser aufgeklärter Kronprinz hat mit dem gleich hochgebildeten Erzherzoge Johann Salvator dem Spiritisten Bastian mit seinen Geistern gründlich heimgeleuchtet.

Emma.

Es ist überhaupt nicht begreiflich, wie wirklich hochgebildete und als solche gelten wollende Personen in unserer Zeit mit den Spiritisten sich befassen können, besonders solchen, welche sich den Glorienschein von erleuchteten Hellsehern geben und mit übernatürlichen Kräften ausgestattet sein wollen, in der That aber nichts als Gaukler und Taschenspieler sind.

Helene.

Den Cumberland, den Engländer, laß' ich mir noch gefallen, welcher doch offen bekennt, daß seine Productionen keine übernatürlichen Kräfte erfordern, sondern nur auf einer besonderen Fertigkeit und Ausbildung der Organe beruhen.

Frau Wellerberg.

Indeß — mit seinem Gedankenlesen — wollte er doch nicht Farbe bekennen; da wollte er denn doch glauben machen, wie die Zeitungen meldeten, daß dazu eine höhere Inspiration gehöre.

Helene.

Ja, das „Gedankenlesen" — das wäre Etwas. Die Gedanken der Menschen zu erkennen und zu ergründen, das wäre wundervoll. Der Ausspruch jenes Diplomaten, der Mensch habe seine Sprache, um seine Gedanken zu verbergen, hätte die Geltung verloren. Unter guten Freunden dürfte es denn doch nicht gar so schwierig sein, dem momentanen Gedankengange zu folgen. Kaum möchte ich irren, wenn ich die Frage beantworten sollte, worauf in diesem Zeitpunkte meine Freundin Emma ihre Gedanken concentrirt.

Emma.

Nun, so sei einmal der Cumberland, meine liebe Helene. (Sie nimmt ein Stückchen Papier.) Hier auf diesen Zettel schreibe ich, woran ich jetzt denke — (Emma und Helene erheben sich und lassen die Arbeit ruhen.)

Helene.

So halte den Zettel an Deiner Stirne (Emma thut dies, Helene streift mit ihren Fingerspitzen den Zettel.) Soll ich Dir sagen, woran Du gedacht hast?

Emma.

O, ich bin neugierig, es zu erfahren, mein lieber Cumberland.

Helene (halblaut).

Auf dem Zettel ist zu lesen: Dr. Fritz Zörner!

Emma.

Richtig, Helene, Du bist eine Seherin, eine liebens= würdige Spötterin! Aber warte, nun will auch ich in Deinen Gedanken lesen und Dir sagen, woran Du im Augenblicke denkest — (streift sanft Helenens Stirn und Wange) darf ich es laut vor Deiner Frau Mama sagen?

Helene.

O ja, ich bitte darum, ich habe kein Geheimniß vor meiner lieben Mama.

Emma.

Du denkst, — Du denkst — und wirst denken? —

Helene.

Nun, was denke ich, mein Freund Cumberland?

Emma.

An — an (die Stirne Helenens streichelnd) Dr. Egmont Lebrecht.

Helene.

Wie schlimm Du bist, Emma!

Emma.

Nicht so schlimm, wie Du — habe ich das Richtige getroffen, ja oder nein?

Helene.

Warum sollte ich es nicht gestehen in so trautem Kreise? Ja ich dachte eben an Egmont.

Frau Wellerberg.

Kinder, Kinder, ihr scherzt in so ernster Stunde. Wohl sind Egmont und Fritz Euer würdige Männer und ich kann die Wahl Eurer Herzen nur billigen, aber denkt an Eure Väter, welche keine ihnen feindlich gesinnte Männer zu ihren Schwiegersöhnen aufnehmen werden. Solange das Verhältniß zu Dr. Lebrecht, dem Bürgermeister, sich nicht freundlicher gestaltet, kann auf die Einwilligung Eurer Väter nicht gerechnet werden.

Helene.

Was gehen mich die politischen Parteiungen und Zwistigkeiten an, diese sollen von den Männern unter sich ausgemacht werden. Die Liebe steht über den Parteien, sie hat nichts mit Politik zu schaffen. — Liebt mich Egmont, so wird er mich lieben, wenn er auch andere politische Gesinnungen verfolgt als Papa.

Frau Wellerberg.

So denkt Dein liebend Herz, Helene, doch anders denken da die Männer. Der Mann gehört nicht der Frau allein, sondern er gehört auch der Welt; es liegt in dem Wesen des Mannes, in der Welt und wäre es auch nur in dem ihn umgebenden Lebenskreise eine Achtung gebietende Stellung zu erlangen. Dieses Streben ist um so mächtiger und berechtigter, je höher die Bildung des Mannes ist. Jede Frau, die ihren Mann wahrhaft liebt, wird diesem Streben nicht entgegentreten, sie wird vielmehr dasselbe unterstützen und fördern, und wenn sie verständig ist, zu leiten und zu regeln suchen. Die Parteiungen in unserer Stadt gehen bereits zu weit. Dr. Lebrecht sen. ist in der heute ausgegebenen Nummer des Localblattes zu stark und empfindlich angegriffen worden, als daß sobald an eine Aussöhnung der feindlichen Väter gedacht werden könne. Durch die bedauerliche Feindseligkeit der Väter werden die liebenden Herzen der Kinder tief getroffen, aber was ist zu thun? Ihr Kinder werdet, so schwer auch es Euch fallen möge, Eueren Vätern die schuldige Rücksicht nicht versagen und von der Zukunft erhoffen, was in der Gegenwart nicht thunlich erscheint.

Emma.

O, Helene ist doch noch glücklicher als ich; denn sie genießt das selige Bewußtsein, daß sie von Egmont geliebt wird. Dr. Zörner hat sich mir noch niemals genähert; ja, er meidet mich, wo er kann. Es hat fast den Anschein, als ob er des beseligenden Gefühls der Liebe gar nicht fähig wäre, dieser kalte Paragraphen-Mann.

Helene.

Glücklicher nennst Du mich, Emma, weil mich Egmont wieder liebt und doch fühle ich mich dabei sehr, sehr unglücklich, weil die Liebe unserer Herzen den Haß der Väter nicht auszulöschen vermag. Keinen Strahl der Hoffnung will uns der Himmel senden; immer düsterer und drohender zieht das Gewitter heran, das unsere Hoffnung auf die Zukunft vielleicht für immer vernichtet. Ist dieser Zeitungsartikel gegen Egmonts Vater nicht ein neuer, zündender Blitz, welcher unseren Herzensbund zu zerreißen geeignet ist? Und diesen verderbenden Blitz danken wir Deiner Zeitung, Emma?

Emma.

Mir, einen solchen Vorwurf? Von Dir, Helene, hätte ich einen solchen am wenigsten erwartet. Fürwahr, ich habe von diesem Zeitungsartikel erst nach Ausgabe des Blattes Kenntniß erlangt. Ich beklage ihn tief und würde gerne

Alles daranſetzen, wenn ich die Veröffentlichung dieſes Schmäh=
artikels ungeſchehen machen könnte. Der Artikel hat ohne
mein Wiſſen und meinen Willen in der Zeitung Aufnahme
gefunden. Nimmer würde die Aufnahme ſtattgefunden haben,
wenn ich davon Kenntniß gewonnen hätte. Vater mag da,
auf weſſen Zuthun weiß ich nicht, den Artikel allein in den
Druck gebracht haben. Ich bin darüber untröſtlich! Frau
Lebrecht hatte mir noch Vormittags wiſſen laſſen, daß ſie
mich heute Nachmittags beſuchen werde. Ob ſie nun, nachdem
das Blatt erſt Nachmittags ausgegeben wurde, hierher
kommen werde, iſt wohl ſehr zweifelhaft geworden und wenn
ſie kommt, wird eine peinliche Auseinanderſetzung nicht zu
vermeiden ſein. Dein Argwohn, Helene, thut mir weh, doch
ich verzeihe Dir; denn mich ſelbſt hat der Artikel tief ent=
rüſtet, abgeſehen von den traurigen Folgen, welche daraus
für meinen Vater als verantwortlichen Redacteur entſtehen
werden.

Frau Wellerberg.

Ja, ja, Kinder, die Sache iſt traurig ernſt, wir Alle
leiden darunter. Laſſet uns zuſammenthun, die ſchlimmen
Wirkungen dieſes gegen den Bürgermeiſter Dr. Lebrecht
gerichteten Artikels nach Möglichkeit abzuwenden.

Helene.

Welche Beſtürzung mag dieſer Artikel in der Familie
Lebrecht verurſacht haben. — Armer Egmont! ich leide mit
Dir! Fern von Dir muß ich ſein, kein Wort der Beruhigung
und des Troſtes kann ich Dir und Deinen Eltern ſagen.
Mein Herz bricht, wenn dieſes unglückſelige Verhältniß noch
länger fortdauert.

Emma.

Vielleicht dürfen wir unſere Hoffnungen auf die Ge=
meindewahlen bauen, die Wahlen können Beſſerung in dieſe
Verhältniſſe bringen. Hier kommt Herr Wellerberg mit dem
Vater aus dem Garten, ich werde gleich interpelliren wegen
des Artikels, ſie ſollen mir Rede ſtehen.

2. Scene.

Wellerberg, Mallich, die Vorigen.

Wellerberg (im Hervortreten mit Mallich).

Ich habe Ihnen schon gesagt, mein lieber Vetter, der Angriff gegen den Bürgermeister Dr. Lebrecht in der heutigen Nummer Ihres Blattes war zu heftig und zu weit gelegt. Der Artikel wird uns bei den Wählern mehr schaden als nützen und Sie persönlich in große Gefahr bringen. Warum haben Sie doch meinem Rathe nicht Gehör gegeben und den Artikel wenigstens nicht in der Weise gebracht, wie ich Ihnen angedeutet habe?

Mallich.

Der Artikel hatte nur das Interesse unserer Partei im Auge. Es mußte ein kräftiger Stoß geführt werden, wenn der Bürgermeister Lebrecht fallen soll. Und fallen muß er, sollte dabei auch ich mit zu Grunde gehen. Die nächsten Tage schon werden uns die Entscheidung bringen.

Emma.

Vater, Du sprachst, wie ich eben vernahm, von dem Artikel, welcher in der heute erschienenen Nummer unserer Zeitung enthalten ist und so schwere Beschuldigungen gegen den Bürgermeister Dr. Lebrecht vorbringt. Gerade, als Du mit Herrn Wellerberg hierher kamst, war auch hier dieser Artikel der Gegenstand unserer Betrachtung und ich hatte soeben den Beschluß gefaßt, Dich wegen dieses Artikels zu befragen.

Mallich.

Ich weiß, mein Kind, wo Du hinaus willst. Auch Dir ist der Artikel wie dem Vetter Wellerberg nicht gelegen. Als stiller Mitredacteur der Zeitung bist Du befremdet darüber, daß der Artikel in der Zeitung erschienen ist, ohne daß derselbe Dir vorher zur Einsicht und Approbation mitgetheilt wurde.

Emma.

Nicht nur befremdet bin ich, mein Vater, sondern sehr bestürzt und entrüstet bin ich, daß dieser Artikel gegen den Bürgermeister Dr. Lebrecht in unserer Zeitung erschienen ist. Derselbe wird viel Unheil über uns bringen. Warum, Vater, hast Du mich davon nicht vorher unterrichtet? Nie und nimmer hätte ich die Veröffentlichung solcher Verdächtigungen und Schmähungen gegen den Bürgermeister Lebrecht zugelassen.

Mallich.

Das wußte ich wohl, Emma, und darum habe ich ganz allein gehandelt. Herrn Wellerberg hier habe ich wohl vorher den Artikel mitgetheilt, aber er war damit nicht einverstanden und hat mich ausdrücklich von der Veröffentlichung abzuhalten gesucht. Ich habe den Artikel allein verfaßt und in den Druck gegeben, um die Wähler, welche noch auf Seite des Bürgermeisters Dr. Lebrecht stehen, von ihm abzuwenden und so seine Wiederwahl zum Bürgermeister zu verhindern.

Helene.

O, ich bin froh und danke Dir, mein Vater, daß Du keinen Antheil hast an diesem garstigen Zeitungsartikel. (Für sich) Nimmer hätte ich offen und frei in das Antlitz Egmonts schauen können, nun bin ich wieder froher Hoffnung —

Emma (zu Mallich).

O mein Vater, warum hast Du Dich von Deinem Hasse gegen den Bürgermeister so weit hinreißen lassen? Warum hast Du mich gerade in diesem so weittragenden Falle Deines Vertrauens nicht gewürdigt? Bin ich dessen nicht mehr werth? Mag der Bürgermeister Dr. Lebrecht gegen Dich in früheren Jahren lieblos gehandelt haben, so hättest Du doch auf seine Familie Rücksicht nehmen und ihr so großen Schmerz nicht verursachen sollen.

Frau Wellerberg.

Was geschehen, kann nicht mehr ungeschehen gemacht werden. Bürgermeister Dr. Lebrecht ist nicht der Mann, der einem solchen Angriffe gegenüber unthätig bleiben wird. Er wird seine angegriffene Ehre mit allen gebotenen Mitteln vertheidigen und den Vetter Mallich und sein Blatt zu verderben trachten. An uns liegt es, versöhnend einzugreifen und nach Möglichkeit gut zu machen, was der Haß des Vetters Mallich verschuldet hat.

Mallich.

Möget Ihr Alle gegen mich sein, ich werde die Folgen meines Schrittes zu tragen und zu verantworten wissen. Was ich gethan habe, wird dem Vetter Wellerberg allein den größten Vortheil bringen. Dr. Lebrecht hat aufgehört, Bürgermeister zu sein und Niemand anderer als Herr Wellerberg wird an seine Stelle treten. Ihr werdet mir wegen meines Artikels noch dankbar sein.

Herr Wellerberg.

Nicht darum handelt es sich, daß ich an Stelle des Dr. Lebrecht zum Bürgermeister gewählt werde, sondern bloß darum, daß Bürgermeister Dr. Lebrecht mit seinem Anhange im Stadtrathe und im Gemeindeausschuße die Majorität verliere, weil die Wohlfahrt der Gemeinde es erfordert, daß die Opposition an die Majorität in der Gemeindeverwaltung gelange. Die Umlagen in der Gemeinde werden immer größer und drückender und überall in den Gemeindeämtern herrscht Willkür und Mißbrauch. Dieser Unwirthschaft darf nicht mehr länger ruhig zugesehen werden, und darum müssen neue thatkräftigere Männer in den Gemeindeausschuß gewählt werden. Dieses Ziel, welches die Opposition anstrebt, wäre wohl auch ohne den bösen Zeitungsartikel erreicht worden. Um zu zeigen, daß es mir und meiner Partei nur um die Sache und nicht um die Person zu thun sei, will ich nunmehr auf das Verlangen des Dr. Zörner eingehen. Noch heute Morgens war ich mit mir nicht einig darüber, ob ich es gewähren soll, nun bin ich trotz Widerrede des Vetters Mallich anderen Sinnes geworden.

Mallich.

Wellerberg wird Alles verderben. So nahe am Ziele des Sturzes des Bürgermeisters Dr. Lebrecht; aber Wellerbergs unentschiedenes Vorgehen, sein Schwanken bei jedem Schritte nach vorwärts wird der Partei nur Schaden bringen.

Frau Wellerberg.

Darf man wohl erfahren, was Dr. Zörner verlangt? Jedenfalls ist es nichts Unbilliges und Ungerechtes, was Dr. Zörner, der Mann des strengen Rechtes, begehrt.

Mallich.

Dr. Zörner schafft und handelt nur für Lebrechts; was er verlangt, fördert nur die Interessen des Bürgermeisters Dr. Lebrecht, seines Chefs, und schadet jenen unserer Partei; darum bin ich entschieden gegen die Bewilligung seines schlau angelegten Begehrens.

Emma.

Laß Dich von Deinem Hasse gegen den Bürgermeister Dr. Lebrecht nicht zu weit hinreißen, mein Vater; laß uns lieber Alles thun und befördern, was Lebrechts Versöhnung herbeizuführen vermag. Ich bitte Herrn Dr. Wellerberg inständigst darum, Dr. Zörners Vorschlag zu bewilligen, da solcher voraussichtlich nur Gutes bezwecken werde.

Helene.

Ja, auch ich, liebster Vater (die Hände zur Bitte erhebend) unterstütze die Bitte Emmas.

Herr Wellerberg.

Dr. Zörner verlangt im Namen vieler Wähler, daß Dr. Egmont Lebrecht in die für die Gemeindewahlen mit meinen Anhängern zusammengestellte Candidatenliste des 3. Wahlkörpers aufgenommen werde. Wir können mit Zuversicht erwarten, daß im 3. Wahlkörper unsere aufgestellten Candidaten die Majorität erlangen. Das Comité, welches die Liste entwarf, stimmte ursprünglich der Mehrzahl nach für

Dr. Egmont Lebrecht; nur ich hielt meine Stimme noch zurück; das Comité beschloß nach meinem Vortrage, mir die Entscheidung allein zu überlassen. Nun, es soll nicht den Anschein haben, als sei ich nur der Persönlichkeit wegen ein Gegner des Bürgermeisters Lebrecht. Dr. Egmont ist ein junger strebsamer Mann, welcher in kurzer Zeit sich das Vertrauen und die Achtung selbst der Gegner seines Vaters zu erwerben verstand. Ich will und werde noch heute die Verfügung treffen, daß Dr. Egmont Lebrecht im dritten Wahlkörper als Candidat vorgeschlagen werde und daß alsbald die Candidatenlisten gedruckt und versendet werden.

Helene.

Ich danke Dir, mein Vater, für diesen guten Entschluß, welcher Dich und Deine Partei nur ehrt.

Emma.

Herr Wellerberg, diese Kundgebung wird als das beste und schönste Zeugniß von Ihrer versöhnlichen Gesinnung gelten.

3. Scene.

Therese, Mallichs Stubenmädchen. Vorige.

Therese (zur Emma).

Frau Lebrecht und ihr Sohn Dr. Egmont lassen fragen, ob ihr Besuch angenehm sei.

Emma (zu Frau und Herrn Wellerberg gewendet).

Mit Ihrer Erlaubniß —

(Frau und Herr Wellerberg machen zustimmende Verbeugungen.)

Ich laß' bitten.

(Therese ab.)

4. Scene.

Frau Lebrecht, Dr. Egmont Lebrecht, Herr Wellerberg, Frau Wellerberg, Helene, Emma und Mallich.

Emma (den Ankommenden entgegengehend).

Seien Sie herzlich willkommen, Frau Lebrecht (zu Egmont), ich danke Ihnen, Herr Doctor, daß Sie Ihre Frau Mama hierher begleiteten. Wie Sie sehen, finden Sie hier (mit einem besonderen Blick auf Helene) bekannte Gesellschaft. (Zu Frau Lebrecht.) Wollen Sie gütigst Platz nehmen, gnädige Frau?

Frau Lebrecht.

Ich danke, Fräulein Emma, seien Sie gegrüßt, mein Fräulein! Wie geht es Ihnen? Es ist schon ziemlich lange her, daß wir uns nicht gesehen.

Dr. Egmont (begrüßt Emma).

Guten Abend, Fräulein Emma! (führt seine Mutter zu dem Sopha, auf welchem Frau Wellerberg Platz genommen hatte, zu Frau Wellerberg, sich vor derselben verbeugend) Sie erlauben, gnädige Frau!

(Frau Lebrecht nimmt Platz am Sopha, Dr. Egmont begrüßt dann Herrn Wellerberg und seine Tochter, welcher er mit einer stillen Verbeugung die Hand reicht, und neigt sich zuletzt mit einiger Gezwungenheit vor Mallich.)

Helene.

Wir haben uns gerade mit Ihrer Person, Herr Doctor, beschäftigt, als Sie kamen.

Dr. Egmont.

Nun, das darf mich wohl nicht Wunder nehmen, bin ich ja doch der einzige Sohn des so übel gezeichneten Bürgermeisters Lebrecht. Wo der Vater in der öffentlichen Meinung so herabgesetzt wird, soll der Sohn da Gnade finden?

Emma.

Ihr Urtheil, Herr Doctor, ist unzart, ja nachgerade ungerecht.

Dr. Egmont.

Ungerecht? Ist etwa das gegen meinen Vater in Ihrer Zeitung gerichtete Verdammungsurtheil gerecht?

Helene.

Halten Sie ein, Herr Egmont, Emma ist in der Sache ebenso unschuldig als ich; der Artikel, auf welchen Sie anspielen, ist ohne ihr Wissen und gegen ihren Willen in die Zeitung gelangt. Emma's Gesinnung kenne ich, sie denkt zu edel von Ihnen und Ihrer Familie, als daß sie zu einer so feindseligen Handlung fähig wäre.

Emma.

Ich danke Dir, meine Freundin, für Deine Vertheidigung; mir ist die Lage so peinlich, daß ich kaum zu sprechen vermag.

Frau Lebrecht.

Es ist aber doch in der Stadt eine bekannte Thatsache, daß Fräulein Emma das Blatt redigirt. Es mußte der schmähliche Aufsatz doch durch ihre Hand gegangen sein.

Mallich.

Es wäre feige, wenn ich als Vater noch länger schweigen würde. Der Artikel gegen den Bürgermeister Lebrecht ist von mir allein verfaßt und in den Druck gegeben worden; meine Tochter Emma hatte davon gar keine Kenntniß; sie erlangte davon erst Kenntniß, als die Zeitung gedruckt und ausgegeben ward. Die Zeitung wird übrigens von mir herausgegeben; ich allein trage die Verantwortung für deren Inhalt, wie ich auch auf jeder Nummer des Blattes allein als der verantwortliche Redacteur bezeichnet bin. Ich bitte also, meine verehrten Gäste, meine in der Sache ganz unbetheiligte Tochter aus dem Spiele zu lassen.

Dr. Egmont.

Ja, Herr Mallich, das ist nun ein gar zu frivoles Spiel, in welchem Sie wohl nur als Parteiorgan den schuldigen Dienst geleistet haben.

Dr. Wellerberg.

Ich verzeihe Ihnen, Herr Doctor, den soeben gegen mich ausgesprochenen Vorwurf, welchen ich umsomehr zurückweisen muß, weil ich annehme, daß nur die Kindespflicht Ihren sonst so hellen Blick befangen hält. Herr Mallich möge selbst erklären, daß Ihre Voraussetzung unrichtig ist.

Mallich.

Ich nehme keinen Anstand offen zu erklären, daß ich vorher Herrn Wellerberg ins Vertrauen gezogen und ihm den Entwurf des Artikels vor seiner Veröffentlichung mitgetheilt habe; Herr Wellerberg hat den Artikel nicht gebilligt und von dessen Veröffentlichung abgerathen.

Dr. Egmont.

Ah, das ist etwas Anderes. (Leise zu Helenen.) Nun athme ich wieder frei und fasse frischen Muth. (laut.) Mein Vater und ich waren in der That von der Voraussetzung ausgegangen, daß der Artikel vom Herrn Dr. Wellerberg als dem Führer der Opposition inspirirt worden sei.

Mallich.

Ich habe die volle Wahrheit gesprochen; die verehrte Gesellschaft wolle mich entschuldigen, wenn ich mich nun zurückziehe. (Nach einer Verbeugung seitwärts ab.)

5. Scene.
Vorige ohne Mallich.

Dr. Wellerberg.

Bin ich gleich ein Gegner des Bürgermeisters Dr. Lebrecht, so beklage ich doch sehr die Veröffentlichung des Artikels, welcher eine so flagrante Ehrverletzung enthält, und kann es nur natürlich finden, wenn Bürgermeister Lebrecht die gebotenen Gegenmaßregeln ergreift.

Frau Lebrecht.

Mein Mann hat sich auch sofort auf das Stadthaus verfügt, um die Meinung der Stadträthe zu hören und in Uebereinstimmung mit denselben vorzugehen.

Emma.

Haben Sie Nachsicht, Frau Lebrecht, mit meinem vom Schicksale hart verfolgten Vater und zürnen Sie mir nicht. Sie sehen, wie unglücklich ich bin und wie ich leide. Ich will ja Alles thun und unterstützen, was zu Ihrer Beruhigung, und Genugthuung dienen kann.

Frau Lebrecht.

Fassen Sie sich, Fräulein Emma; ich wußte ja in voraus, daß Sie unschuldig sind; kein Vorwurf unsererseits soll Sie treffen (reicht Emma die Hand, welche Emma sich herabbeugend ehrerbietig küßt). Wäre ich denn mit meinem Sohne noch hier bei Ihnen, wenn ich nicht die Ueberzeugung besäße, daß Sie an der Sache völlig unbetheiligt und unschuldig sind?

Emma.

O, ich danke Ihnen aus ganzem Herzen, Frau Lebrecht, für Ihre Güte und hoffe, daß Sie diese edelmüthige Gesinnung auch meinem Vater gegenüber bethätigen werden, indem Sie auf Ihren Gemahl, den Herrn Bürgermeister einwirken, damit sein gerechter Zorn gegen meinen Vater besänftigt und gemildert werde.

Frau Lebrecht.

Sie sind ein gutes Kind, Fräulein Emma, dabei aber auch verständig genug, daß Sie selbst einsehen, daß mein Mann so schwere Beschuldigungen nicht ruhig hinnehmen könne, zumal sie ja durchaus ungegründet und ungerechtfertigt sind.

Dr. Egmont.

Wir sehen hier ein abschreckendes Beispiel, auf welche Abwege die freie Presse durch die blinde Leidenschaft eines Menschen gebracht werden kann, wie das Glück, die Ruhe von Familien auf Jahre hinaus vergiftet und zerstört werden kann.

Frau Wellerberg.

Fräulein Emma bedarf eher des Trostes als des strafenden Vorwurfes. Fräulein Emma war noch kurz vor Ihrem Erscheinen, Herr Doctor, ihre wärmste Fürsprecherin!

Dr. Egmont.

Für mich? Fast wäre ich neugierig, dies zu vernehmen.

Herr Wellerberg.

Es betrifft die Neuwahl in unserer Stadtgemeinde. Da sendete mir neulich Dr. Zörner ein Schreiben, in welchem er im Namen vieler Wähler verlangte, daß Herr Dr. Egmont Lebrecht von dem Comité der Oppositionspartei im dritten Wahlkörper als Candidat nominirt werde.

Dr. Egmont.

Ein solches Verlangen, welches mich meinem eigenen Vater feindlich gegenüberstellt, wäre von Dr. Zörner ausgegangen? Das ist für mich in der That überraschend! Zörner, mein Freund und meines Vaters rechte Hand, will öffentlich demonstriren, daß ich zu den Gegnern meines Vaters gehöre? Es wäre dies zwar nicht neu in der Geschichte, denn schon Absalom empörte sich gegen seinen Vater; doch gehört ein trauriger Muth dazu, mich für einen Absalom zu halten. Fast fange ich an, an allen Menschen, an den besten Freunden irre zu werden. Wenn doch nur diese Gemeindewahlen schon einmal vorüber wären!

Dr. Wellerberg.

O! Dr. Zörner ist kein so schlechter Politiker. Herr Dr. Egmont sind von der Partei Ihres Vaters im ersten Wahlkörper als Candidat nominirt. Die Wähler des ersten

Wahlkörpers sind unverläßlich und durch verschiedene Einflüsse zu leiten. Dr. Zörner fürchtet, daß die Mehrzahl der Wähler dieses Wahlkörpers von Ihrem Vater abfallen und mit der Gegenpartei stimmen werde. Auch Herr Dr. Egmont dürften nicht die Majorität der Stimmen erlangen und so in den neuen Gemeindeausschuß nicht gewählt werden. Ihr Freund handelte noch zur rechten Zeit für Sie, indem er an das Comité meiner Parteifreunde jenes Ansinnen stellte. Das Comité stimmte per majora für Sie; nur ich als Obmann trug noch Bedenken und behielt mir die Entschließung vor. Dies ist auch der Grund, warum die Candidatenliste der Opposition noch nicht gedruckt und versendet wurde. Dieses Falles erwähnte ich nun hier, bevor Sie mit Ihrer Frau Mama in die Gesellschaft traten. Meine Frau, Fräulein Emma und meine Tochter erhoben unisono ihre Stimmen zu Ihren Gunsten und seitdem die heute ausgegebene Nummer von Mallichs Localblatt diesen Schmähartikel gebracht hat, waren meine Bedenken verschwunden. Heute noch soll die Candidatenliste gedruckt und versendet werden. Es ist bereits die höchste Zeit, weil vom dritten Wahlkörper übermorgen schon gewählt wird. Die Gemeindevertretung bedarf junger Kräfte, sie bedarf auch fester, charaktervoller Männer, darum erfordert das Interesse der Gemeinde, daß Herr Doctor in den Gemeindeausschuß wieder gewählt werden.

Dr. Egmont.

Mag dem sein, wie ihm wolle, ich werde von Dr. Zörner darüber nähere Aufklärung verlangen. (für sich.) Es steckt da eine von ihm ersonnene List dahinter, aber man soll auch den Schein vermeiden.

Frau Wellerberg.

Eine solche Opposition, Herr Doctor, kann Ihr Vater sich wohl gefallen lassen, da sie auf dem Vertrauen Ihrer Mitbürger beruht.

6. Scene.
Therese. Vorige.

Therese (zu Fräulein Emma).

Der Thee ist im Garten servirt.

Emma.

Darf ich meine verehrten Gäste bitten, sich in den Garten zu einer Tasse Thee zu bemühen? (zu Therese) Vater ist in seinem Arbeitszimmer, melde es ihm, damit er nachkomme. Auch Dich, Therese, erwarte ich dort.

(Therese ab in das seitwärts gelegene Zimmer Mallichs.)

7. Scene.
Vorige ohne Therese.

Frau Lebrecht.

Sie werden mich heute entschuldigen, Fräulein Emma, wenn ich ablehne und mich mit meinem Sohne nach Haus begebe; denn ich fühle mich angegriffen. Komm, Egmont, geleite mich nach Haus. (Erhebt sich und reicht Dr. Egmont den Arm.) Leben Sie wohl!

Emma.

Ich bedauere sehr, gnädige Frau. Das Unwohlsein ist hoffentlich nur vorübergehend.

(Dr. Egmont ergreift seinen Hut, grüßt durch Verbeugung und geht, seine Mutter am Arme führend — durch den Haupteingang in der Mitte ab.)

8. Scene.
Emma, Herr und Frau Wellerberg, Helene.

Helene (den Abgehenden, Dr. Egmont und seiner Mutter traurig nachblickend).

Wann wird endlich Frieden werden unter den Menschen!

Emma.

Komme, Helene, gehen wir in den Garten, wir bedürfen beide der erfrischenden Abendluft; Deine Herren Eltern bitte ich, uns zu begleiten. (Nimmt Helene beim Arme; zu Wellerbergs gewendet) Darf ich bitten?

(Helene mit Emma, Herr Wellerberg mit Frau Wellerberg ab.)

9. Scene.

Therese (aus dem Zimmer des Mallich kommend).

Therese allein.

Herr Mallich ist zwar niemals freundlich, aber so unwillig und verstört wie heute habe ich ihn noch nicht gesehen. Wie anders ist da Fräulein Emma; sie ist immer freundlich und gutmüthig, sie ist der gute Geist im Hause, wie Herr Mallich der böse. Es ist schwer zu dienen in einem Hause, wo zwei so ganz verschiedene Geister herrschen. Der böse Geist hätte mich längst ausgetrieben, wenn der gute Geist mich nicht zurückhalten würde. Ich eile nun in den Garten, um dort dem guten Geiste, dem Fräulein Emma zu dienen.

(Während sie in den Garten über die Veranda schreitet, klopft es an der Thüre des Haupteingangs. Therese öffnet und es treten ein die zwei Stadträthe.)

10. Scene.

Therese, Erster, Zweiter Stadtrath.

Erster Stadtrath.

Ist Herr Mallich zu sprechen?

Therese.

Herr Mallich kommt dort eben aus seinem Zimmer.

(Mallich tritt aus seinem Zimmer ein — Therese in den Garten ab.)

11. Scene.

Erster, Zweiter Stadtrath, Mallich.

Mallich.

Die Herren wünschen mich zu sprechen? Ich bitte, sich kurz zu fassen, ich habe Gäste im Garten.

Erster Stadtrath.

Unsere Mission wird Ihre Zeit nicht lange in Anspruch nehmen, Herr Mallich. Wir kommen im Auftrage des ganzen Stadtrathes und bringen hier eine schriftliche Erklärung zur Berichtigung des von Ihrer Zeitung heute gegen den Bürgermeister gebrachten Schmähartikels. Wir fordern Herrn Mallich als Redacteur in Namen des Bürgermeisters und des gesammten Stadtrathes auf, diese Erklärung in der nächst erscheinenden Nummer Ihrer Zeitung einzurücken und sich dabei jeder weiteren Polemik zu enthalten.

Mallich.

Und wenn ich mich weigere, dieser Aufforderung Folge zu leisten?

Zweiter Stadtrath.

Wir fordern nur, was das Gesetz gebietet. Herr Mallich wird hoffentlich dem Gesetze gehorchen und es nicht darauf ankommen lassen, daß von der Behörde zwangsweise verfahren werde. Die aus einer solchen Weigerung fließenden nachtheiligen Folgen werden dem Herrn Mallich nicht unbekannt sein.

Mallich.

Es ist gut, geben Sie mir die Schrift.

Erster Stadtrath.

Vor der Ausfolgung ersuche ich um die eigenhändige Bescheinigung der Empfangsnahme mit der Bestätigung, daß das Begehren um Aufnahme gestellt wurde.

Mallich.

Die Herren sind vorsichtig, Sie vollziehen indeß nur Ihre Sendung (geht zu einem Tische, auf welchem eine Mappe mit Papier, Tinte und Feder bereit liegt, und Mallich nimmt ein Papier und schreibt auf demselben die Bescheinigung, welche er dem Ersten Stadtrathe überreicht.) Hier haben Sie die verlangte Bescheinigung.

Erster Stadtrath (die Bescheinigung überlesend).

Die Bescheinigung ist in Ordnung, hier übergebe ich die zu druckende Schrift — (die Schrift darreichend.) Unsere Sendung ist damit beendet; leben Sie wohl, Herr Mallich!

(Mallich grüßt mit einer Verbeugung. Beide Stadträthe ab.)

12. Scene.

Mallich allein.

Mallich (entfaltet sogleich die Schrift und liest still).

Das ist ja ein vollständiger Widerruf — wenn ich denselben veröffentliche, so breche ich den Stab über mich selbst; mein Blatt und ich mit ihm — sind ruinirt, noch bevor die Gemeindewahlen beendet sind. Drucke ich ihn nicht — so wird das Gericht mich dazu zwingen. Die in meinem Artikel enthaltenen Angaben von den Schulgeld= resten und dem Contributionsgetreidegeldfonde sind vollständig widerlegt; ich muß bekennen, daß ich mich durch falsche Mittheilung habe täuschen lassen. Wellerberg kannte ohne Zweifel den wahren Sachverhalt, hat mich aber gleichwohl in der Täuschung gelassen.

13. Scene.

Mallich, Emma.

Emma (aus dem Garten kommend).

Wo bleibst Du so lange, Vater? Wir hatten Dich im Garten erwartet. Wellerbergs lassen Dich grüßen, sie sind bereits fortgegangen. Helene klagte über plötzlich eingetretenes Unwohlsein und konnte nicht länger zurückgehalten werden.

Mallich.

Hier lese (die Schrift der Emma reichend), es waren zwei Stadträthe als Sendboten des Bürgermeisters da und haben diese Schrift abgegeben, damit sie in der nächsten Nummer unseres Blattes gedruckt werde; sie enthält einen vollständigen Widerruf bezüglich meines letzten Artikels gegen den Bürgermeister Dr. Lebrecht. Wenn ich diese Gegenerklärung in meine Zeitung aufnehme, so bin ich moralisch gerichtet und mein Blatt ist ruinirt.

Emma.

Beruhige Dich, mein Vater, es bleibt uns nichts Anderes übrig, als diesen Widerruf in der nächsten Nummer unserer Zeitung zu bringen, wollen wir das gerichtliche Einschreiten vermieden sehen. Kein Mensch auf der Welt ist unfehlbar und der Redacteur einer Zeitung ist ja auch ein Mensch. Es ist besser, wir fügen uns der Aufforderung; vielleicht gibt sich der Bürgermeister Dr. Lebrecht damit zufrieden und läßt die zu befürchtende gerichtliche Verfolgung fallen.

Mallich.

Glaubst Du, daß dieser ehrgeizige Mann sich mit der Veröffentlichung des Widerrufes begnügen werde? Da kennst Du diesen stolzen Mann zu wenig.

Emma.

Bedenke, Vater, was aus mir werden soll, wenn man Dich gerichtlich belangen und eine Freiheitsstrafe über Dich verhängen würde. Ich würde dieses Unglück nicht überleben. Habe ich nicht schon meine Mutter verloren, als ich noch kaum zum Bewußtsein meines Daseins gelangt war, soll ich nun auch noch den Vater verlieren?

(Sie bedeckt sich mit ihren Händen das Gesicht und weint leise.)

Mallich (nach einigem Zögern).

Sei ruhig, mein Kind, ich will Deiner Stimme folgen; es ist, als hörte ich die Stimme Deiner Mutter — es soll geschehen, wie Du verlangst.

14. Scene.

Vorige, Therese.

Therese.

Herr Doctor Zörner!

Mallich.

Was soll d e r hier? Ich bin nicht gesonnen, einen neuen Sendboten des Bürgermeisters Dr. Lebrecht zu empfangen, er bringt nichts Gutes für uns.

Emma (sich die Thränen trocknend).

Ich bin auf Alles gefaßt, es geht doch nicht an, dem Dr. Zörner die Thür zu weisen; ich bitte Dich, Vater, laß' ihn nur kommen.

Mallich.

Auf Deine Bitte und Gefahr, meine Tochter — (zu Therese) Dr. Zörner mag eintreten.

(Therese öffnet und Dr. Zörner tritt ein, Therese ab.)

15. Scene.

Mallich, Emma, Dr. Börner.

Dr. Börner (sich verbeugend).

Ich bitte vielmals um Entschuldigung, wenn ich erst am späten Abende mir die Freiheit nehme, einen Besuch abzustatten; ich glaubte, Frau Lebrecht und ihren Sohn Egmont hier noch anzutreffen; indeß dringende Geschäfte hielten mich ab, früher zu kommen.

Emma.

Sie sind ein seltener Gast bei uns, Herr Doctor. Darf ich Sie bitten, Platz zu nehmen? Frau Lebrecht und Dr. Egmont haben uns vor etwa einer Stunde verlassen. (Emma setzt sich auf's Sopha, Zörner rückt einen Sessel herbei und läßt sich darauf nieder, Mallich bleibt in der Nähe stehen.)

Zörner.

Ja, ich habe den Dr. Egmont noch vor meiner Hier=herkunft gesprochen, er befand sich in einer etwas gereizten Stimmung und machte mir Vorwürfe darüber, daß ich ohne sein Wissen und gegen seinen Willen anläßlich der Gemeindewahlen an Dr. Wellerberg das Verlangen schriftlich gestellt habe, Dr. Egmont für den dritten Wahlkörper als Candidaten der Oppositionspartei zu nominiren.

Emma.

Ja, Dr. Wellerberg hat uns hier die Sache mitgetheilt in Gegenwart des Dr. Egmont, welcher hievon indeß nichts wissen wollte.

Dr. Zörner.

Es hat wohl seine eigenthümliche Seite, nicht wahr, den Dr. Egmont anscheinend zum Gegner seines Vaters zu machen? Er für seine Person würde dazu wohl nie ein=gewilligt haben, auf der Gegnerliste zu stehen, darum habe ich auch ohne sein Wissen und ohne seine Einwilligung gehandelt; doch es gehört dies einmal in meine Berechnung und ich glaube mich diesmal nicht zu verrechnen. Ich baue auf einen günstigen Erfolg und sollte ich auch erfolglos mich bemüht haben, nun so geschieht ja Niemandem ein Unrecht oder ein Schaden. Aber meine Rechnung ist damit noch nicht abgeschlossen; ich habe auch mit Herrn Mallich und mit Ihnen, Fräulein Emma, abzurechnen.

Mallich.

Das dachte ich mir doch gleich, daß Sie nichts Gutes bringen, daß Sie nur im Namen des Bürgermeisters

Dr. Lebrecht eine Unglücksbotschaft zu bestellen haben. Ist es noch nicht genug, wenn der von Dr. Lebrecht gesendete Widerruf in der nächsten Nummer meiner Zeitung erscheinen wird?

Dr. Börner.

Ich komme zwar nicht als Abgesandter des Bürgermeisters Dr. Lebrecht, doch bezieht sich meine mit Ihnen abzuschließende Rechnung allerdings auf die Angelegenheit desselben.

Mallich.

Ich wußte es ja in voraus, daß Sie dieserhalb zu uns kommen. Nun, was ist Ihre Rechnung?

Dr. Börner.

Hören Sie, Herr Mallich, ich verlange, daß Sie mir die Herausgabe Ihres Zeitungsblattes käuflich überlassen!

Mallich.

Und dies sagen Sie mir im Ernste?

Dr. Börner.

Im vollsten Ernste; ich besitze nach meinen verstorbenen Eltern noch ein kleines Erbvermögen und davon zahle ich Ihnen für Ihre Zeitung in drei Jahresraten zu 2000 fl. zusammen 6000 fl., wobei Sie sich aber auch verpflichten müssen, in unserem Lande niemals mehr ein Zeitungsblatt herauszugeben oder die Redaction eines solchen zu übernehmen. Ihre Caution übernehme ich im Cessionswege gegen bare Zahlung der Valuta. Mein Antrag ist für Sie vom Vortheile und ich erwarte, daß Sie solchen sofort annehmen und den Vertrag unterzeichnen werden. Das Blatt soll vorläufig unter der Leitung des Fräulein Emma fortgeführt werden, jedoch wird sich Herr Mallich jeden Einflußes zu begeben haben. Für die Zeichnung eines Redacteurs werde ich Sorge tragen. Hier ist der schriftliche Vertrag in zwei Parien, (aus seiner Rocktasche die Papiere nehmend und dem Mallich übergebend) von mir bereits unterzeichnet; es fehlt nur noch Ihre Unterschrift, Herr Mallich —

Mallich.

Und Emma, was sagst denn Du zu diesem Anerbieten? Der Herr Doctor ist ja fast unwiderstehlich.

Emma.

Ich finde das Anerbieten ganz vortheilhaft und möchte Dir dessen Annahme empfehlen.

Dr. Börner.

Ja, Herr Mallich, unterzeichnen Sie nur ohne Bedenken; Sie ziehen sich dadurch am besten aus einer Schlinge, welche Sie sich selbst gelegt haben; denn es wird für Sie immer besser sein, wenn der Widerruf des Bürgermeisters Dr. Lebrecht nicht in Ihrer Zeitung, sondern in einer einem Dritten gehörigen Zeitung erscheint. In der Nummer, in welcher jener Widerruf erscheint, wird im Eingange mit fettem Drucke angezeigt, daß das Blatt in eine andere Hand übergegangen ist und diesfalls bereits die behördlichen Schritte eingeleitet worden sind. Eine Bedingung möchte ich noch stellen, doch lege ich darauf keinen so hohen Werth, weshalb sie auch im schriftlichen Vertrage nicht aufgenommen erscheint.

Mallich.

Und diese Bedingung wäre?

Börner.

Daß Sie, Herr Mallich, die Affaire mit Mayer, dem Kanzleidiener Dr. Lebrechts, ganz fallen lassen, sowie ich immer auch auf den Bürgermeister Dr. Lebrecht einwirken werde, daß er gegen Sie, Herr Mallich, wegen der ihm angethanen Ehrenkränkung mit der gerichtlichen Klage nicht vorgehe.

Mallich.

Mayer hat mich öffentlich auf der Gasse angefallen; ich kann darüber nicht hinausgehen; die Klageschrift liegt bereits fertig und wird morgen dem Gerichte übergeben. Davon wird mich Niemand abbringen, sei er, wer er wolle.

Börner.

Nun, ich bestehe auch gar nicht darauf, nur möchte ich Sie darauf aufmerksam machen, daß Sie kaum viel ausrichten werden, weil die Beweismittel unzulänglich sein werden.

Mallich.

Der Diener Heinrich beim Dr. Wellerberg und seine Susanna werden mir Zeugenschaft abgeben; ich erkannte sie aus den Leuten, welche mich damals umstanden haben, als Mayer mich beschimpfte.

Emma.

Laß ab von der Klage, Vater: was hast Du davon, wenn Mayer auch gestraft werden sollte. Mayer war jedenfalls in großer Aufgeregtheit und ist darum entschuldbar.

Mallich.

Ich habe schon einmal gesagt, daß mich Niemand und sei er, wer er wolle, von der gerichtlichen Belangung des Mayer abbringen werde.

Börner.

Lassen wir das, Fräulein Emma; Mayer ist ein alter Soldat, der weiß sich in Alles zu finden. Aber um Sie, Fräulein Emma, that es mir im Herzen leid, als ich von der Veröffentlichung des Artikels gegen den Bürgermeister Dr. Lebrecht vernahm. Sie, ein so gutes, friedfertiges Wesen, dessen Schaffen und Thun ich schon lange im Stillen beobachtete, ohne daß Sie davon wohl eine Ahnung gehabt haben —

Emma.

Ein günstiges Urtheil aus Ihrem Munde, Herr Doctor, gibt mir die Ruhe und Genugthuung in dieser unheilvollen Zeit; Ihre Worte machen mich überglücklich, denn —

Zörner.

Denn? — O vollenden Sie, Fräulein Emma, denn —

Emma.

Ich kann nicht — ich darf nicht und doch bricht mir das Herz zusammen!

Zörner.

Können Sie mich lieb haben, Fräulein Emma?

Emma.

O, Herr Zörner, Ihnen gehört mein Herz schon lange!

Zörner (die beiden Hände Emma entgegenstreckend).

Emma, willst Du mir angehören, ich reiche Dir Hand und Herz zum ewigen Bunde. — (Die Arme öffnend, als wollte er Emma umschließen.)

Emma (wirft sich in die Arme des Dr. Zörner).

Dein auf immer!

Mallich.

Ah, ich stehe da wie ein armer Sünder im Fegefeuer — und hier (auf die Gruppe deutend) öffnet ein neuer Himmel seine Pforten.

Zörner (führt Emma an der Hand zu Mallich).

Ich bitte, Herr Mallich, um die Hand Ihrer Tochter Emma; wiebald die Gemeindewahlen vorüber sind, soll unsere Verlobung öffentlich verkündet werden. Bist Du damit zufrieden, meine liebste Emma?

Emma.

Ich füge mich Allem, was Du beschließest, mein Geliebter, ich weiß ja, daß Du überall und immer nur das Beste im Auge fast.

Mallich.

Und ich sollte einem so würdigen und verständigen Manne die Hand meiner Tochter versagen? Nun unterschreibe ich gerne und willig den Vertrag mit Dr. Zörner über die Abtretung meiner Zeitungs=Unternehmung.

(Während er unterzeichnet, fällt der Vorhang.)

Vierter Act.

Verhandlungssaal des städtisch-delegirten Bezirksgerichtes. — An einem seitwärts befindlichen Schreibtische sitzt ein Schreiber als Protokollsführer, auf der einen Seite der Einzelrichter, auf der andern der Staatsanwalt, beim Eingange zum Saale steht ein Gerichtsdiener.

1. Scene.

Richter.

Wir kommen nun zum letzten Gegenstande der Tagfahrt, welcher die Strafanzeige des Zeitungsherausgebers Wenzl Mallich gegen Balthasar Mayer, Diener in der Advocatenkanzlei des Dr. Lebrecht, wegen der Uebertretung des §. 496 des allg. Strafgesetzes betrifft. (zum Gerichtsdiener) Gerichtsdiener! Sehen Sie nach, ob die zur Verhandlung vorgeladenen Parteien und zwar Wenzel Mallich als Privatankläger, Balthasar Mayer als Beschuldigter und die Zeugen Heinrich Trost und Susanna Wahr anwesend sind. Die Stunde, auf welche sie zum Erscheinen vorgeladen sind, ist bereits abgelaufen.

(Gerichtsdiener geht sogleich ab und kommt sofort wieder zurück.)

Gerichtsdiener.

Die sämmtlichen vorgeladenen Parteien sind im Vorzimmer anwesend — mit Ausnahme des Wenzl Mallich, welcher bis nun nicht nur nicht erschienen ist, sondern auch einen Vertreter nicht gesendet hat.

Richter.

Gerichtsdiener, lassen Sie die erschienenen Parteien eintreten.

(Gerichtsdiener öffnet die Thüre und alsbald erscheinen die Parteien, Balthasar Mayer, Heinrich Trost und Susanna Wahr.)

2. Scene.

Richter, Staatsanwalt, Protokollsführer, Gerichtsdiener und die eben genannten Parteien.

Richter.

Das Vergehen, dessen Balthasar Mayer beschuldigt wird, gehört zu jenen Fällen, in welchen das Verfahren nur auf Verlangen des Privatanklägers vorgenommen werden darf. Der Privat-Ankläger Wenzl Mallich ist zur Hauptverhandlung nicht erschienen; es ist daher nach §. 46 der Straf-Proceß-Ordnung anzunehmen, daß er von der Verfolgung der zur Anzeige gebrachten strafbaren Handlung zurückgetreten sei; es wäre denn, daß der Herr Staatsanwalt sich bestimmt finden würde, die Vertretung des Privatanklägers zu übernehmen.

Staatsanwalt.

Ich habe keinen Grund, die Vertretung des Privatanklägers zu übernehmen oder von Amtswegen die gerichtliche Verfolgung zu beantragen.

Richter.

So erkläre ich die Verhandlung für beendet.

Mayer.

Ich möchte nur die Bitte stellen, mir über den gefaßten Beschluß eine Bescheinigung zu ertheilen.

Richter.

Ich werde die Ausfertigung der Bescheinigung veranlassen. Wollen Sie dieselbe morgen in meinem Bureau in Empfang nehmen. (zum Protokollsführer) Ist das Protokoll aufgenommen?

Protokollsführer.

Das Protokoll ist bis auf die Unterschriften vollendet.

Richter.

So werden wir das Protokoll unterfertigen.

(Richter und Staatsanwalt fertigen nach kurzem Durchsehen das Protokoll.)

Die Parteien können abtreten.

(Mayer, Heinrich und Susanna ab.)

(Zum Protokollsführer.)

Hier ist das unterfertigte Protokoll.

(Protokollsführer geht mit den Acten seitwärts ab und mit ihm auch der Gerichtsdiener.)

3. Scene.

Richter, Staatsanwalt (von ihren Sitzen sich erhebend).

Richter.

Auf Wenzl Mallich mag vielleicht das Ergebniß der heute stattgefundenen Bürgermeisterwahl bestimmend gewirkt haben, daß er zur Vertretung seiner Anklage gegen Mayer nicht erschienen ist.

Staatsanwalt.

Mag sein; es wäre nur zu wünschen, daß die Neuwahl des Bürgermeisters der Stadt den längst ersehnten Frieden zwischen den feindlichen Parteien bringe. Es galt einem schweren Wahlkampfe, da die Parteien im neugewählten Gemeindeausschuße so ziemlich sich das Gleichgewicht halten. Im dritten Wahlkörper siegte die Oppositionspartei, im zweiten die Partei des bisherigen Bürgermeisters Dr. Lebrecht, und im ersten Wahlkörper fällt je die Hälfte der neugewählten Ausschußmitglieder auf beide Parteien.

Richter.

Ich bin in der That sehr begierig, das Ergebniß dieser Neuwahl zu erfahren. Wenn es gefällig ist, fragen wir im Vorbeigehen im Casino an, dort dürfte nunmehr das Resultat bereits bekannt sein.

Staatsanwalt.

Nun so gehen wir. (Sie ergreifen ihre Hüte und gehen ab.)

4. Scene.

(Veränderung der Scenerie. Wohnung des Dr. Wellerberg. Frau Wellerberg und ihre Tochter Helene sitzen an einem Tische, letztere mit einer Stickerei beschäftigt.)

Helene.

O, Mutter, mein Auge ist trüb, mein Herz klopft und droht zu zerspringen, ein Angstgefühl lähmt meine Hand. Ich vermag nicht weiter zu arbeiten. (legt die Stickerei zur Seite) Ich weiß nicht, soll ich der Neuwahl des Bürgermeisters mit Hoffnung oder Furcht entgegensehen.

Frau Wellerberg.
Fasse Dich, meine Tochter, und hoffen wir das Beste.

Helene.
Ja, sagte der Vater nicht, als ich ihm meine Liebe zu Egmont und dessen Gegenliebe bekannte und ihn um die Segnung unseres Herzensbundes bat, daß er erst nach der Neuwahl des Bürgermeisters seine Entschließung mittheilen werde? Ich kenne den Ehrgeiz des Vaters; er rechnet mit Zuversicht darauf, daß er von den neugewählten Gemeindeausschüssen zum Bürgermeister werde gewählt werden, dann wird es an Bewerbungen um die Hand der Tochter des Bürgermeisters nicht fehlen. Zu einer Verbindung mit dem Sohne seines alten Gegners wird er dann die Einwilligung nicht geben. O wie unglücklich ich bin! Mag auch kommen, was da will, ich werde niemals einem anderen Bewerber als Egmont die Hand reichen.

Frau Wellerberg.
Ich denke anders wie Du, mein Kind! Du weißt, Egmont ist im dritten Wahlkörper und sein Vater im zweiten zum Gemeindeausschuße gewählt. Sollte nun Dein Vater in der That zum Bürgermeister gewählt werden, wie er bereits zum Obmann der Bezirksvertretung an Stelle des alten Dr. Lebrecht gewählt wurde, so wird er die beiden Lebrecht eher auf seine Seite zu ziehen trachten, als Beide sich zu unversöhnlichen Gegnern zu machen. Er wird sie zu versöhnen trachten und das beste Mittel dazu liegt in seiner Hand, indem er Egmont zu seinem Schwiegersohne annimmt. Auf diese Weise wird er die Gegenpartei versöhnen und den Frieden in der Gemeinde herstellen.

Helene.
Wäre dem so, wie Du annimmst, Mutter, dann würde ich mich über die Wahl des Vaters zum Bürgermeister doppelt freuen. Aber mein Herz ist so von Zweifel und Angst erfüllt, daß ich das Schlimmste befürchte. Mit Spannung und Ungeduld erwarte ich die Rückkehr des Vaters.

Frau Wellerberg.

Horch, man kommt — doch sind das nicht des Vaters Schritte.

5. Scene.

Vorige, Heinrich, der Diener.

Heinrich.

Herr Doctor Zörner und Fräulein Emma Mallich —

Frau Wellerberg.

Unsere guten Freunde — ein gutes Vorzeichen. — (zu Heinrich) Sie seien uns willkommen.

(Heinrich ab.)

6. Scene.

Dr. Zörner, Emma, Frau Wellerberg, Helene.

(Dr. Zörner, Fräulein Emma am Arme. Emma eilt auf Helenen zu, umarmt und küßt sie, Zörner grüßt durch Verbeugung.)

Dr. Zörner (freudig erregt).

Wissen Sie schon, meine Damen, das höchst besondere Ereigniß, welches soeben in der Stadt von Mund zu Mund verbreitet und allgemein mit großer Freude begrüßt wird?

Frau Wellerberg.

Nun? so sprechen Sie, Herr Doctor; ich bitte sehr darum. Jedenfalls handelt es sich um die Person des neugewählten Bürgermeisters. Wer also ist der Erwählte?

Emma.

Freue Dich, Helene, über die gute Botschaft!

Helene.

So sprecht doch, seht Ihr nicht meines Herzens Aufregung?

Dr. Zörner.

So vernehmt denn, Dr. Egmont ist zum neuen Bürgermeister gewählt, schon rüsten sich die Vereine und Corporationen in der Stadt, um ihm ihre Huldigung mit einem Fackelzuge und Ständchen zu bezeigen.

Helene.
Egmont?

Emma.
Ja, Dein Egmont! (umarmt Helene) Nun wird Dein Vater wohl die Einwilligung zu Deiner Verbindung mit Egmont nicht versagen. Ich wünsche Dir vom Herzen Glück, meine liebste Helene!

Frau Wellerberg.
Herr Dr. Zörner, das ist Ihr Werk. Sie haben es bewirkt, daß Egmont im dritten Wahlkörper der Gegnerliste als Candidat aufgenommen wurde. Dadurch geschah es, daß er in den Gemeindeausschuß gewählt würde; denn im ersten Wahlkörper, für welchen er in der Liste der Anhänger seines Vaters als Candidat aufgestellt war, ist er nach dem Ergebnisse dieser Wahlen nicht durchgedrungen.

7. Scene.
Dr. Wellerberg, Vorige.
Dr. Wellerberg.
Ah, Herr Dr. Zörner und Fräulein Emma hier! Herzlichen Gruß! (reicht dem Dr. Zörner die Hand und schüttelt dessen Hand wiederholt.) Unsere lieben Gäste haben ohne Zweifel meiner Familie schon die Nachricht von dem merkwürdigen Resultate der Bürgermeisterwahl gebracht, dem neuesten, in der That bemerkenswerthesten Ereignisse der Stadt.

Frau Wellerberg.
Ja, Herr Dr. Zörner hatte die Güte, uns soeben mitzutheilen, daß Dr. Egmont Lebrecht zum Bürgermeister der Stadt gewählt wurde und daß die Vereine und Corporationen sich bereits rüsten, dem neugewählten Bürgermeister ihre Huldigung mit einem Fackelzuge und einer Serenade darzubringen.

Dr. Wellerberg.
Daß Dr. Egmont, beinahe das jüngste Mitglied des neuen Gemeindeausschußes zum Bürgermeister werde erwählt werden, darauf habe ich wahrlich nicht gerechnet, als ich ihn

im dritten Wahlkörper meiner Partei zum Candidaten vorgeschlagen habe. Ich habe ihn mir selbst zum Gegner und zum Sieger über mich gemacht. Dr. Egmont hat bereits mit den andern Mitgliedern des neugewählten Stadtrathes die Eidesangelobung in die Hand des bei der Wahl anwesend gewesenen Regierungsrathes geleistet und ist somit formell bereits das Haupt der Stadtgemeinde. Bei dem ersten Wahlgange fiel wohl die absolute Stimmenmehrheit auf den bisherigen Bürgermeister Dr. Lebrecht, Egmonts Vater und es erschien derselbe gewählt; indeß er dankte für das ihm abermals bewiesene Vertrauen, welches ihn um so mehr erfreute, als er in der letzteren Zeit schwer angegriffen worden sei; erklärte jedoch zugleich, daß er auf die Stelle Verzicht leiste und von der ihm nach dem Gesetze zustehenden Berechtigung der Ablehnung der Neuwahl Gebrauch mache, weil er bereits durch fünf Wahlperioden nacheinander die Stelle bekleidet habe. Es folgte nun eine zweite Abstimmung, in welcher wohl die Mehrzahl der Stimmen auf meine Person vereinigt war; allein die absolute Stimmenmehrheit hatte ich nicht erzielt; es haben dazu noch drei Stimmen gefehlt; die nächst meisten Stimmen nach mir und zwar zusammen 14 Stimmen waren auf Dr. Egmont Lebrecht gefallen; es mußte nun der Wahlgang erneuert werden, wobei Dr. Egmont über mich den Sieg davon trug, indem 20 Stimmen, also 1 Stimme mehr als zur absoluten Majorität erforderlich war, auf Dr. Egmont Lebrecht fielen. An der Wahl hatten sich sämmtliche 36 neugewählten Gemeindeausschüsse betheiligt. Dr. Egmont Lebrecht kann sich bei Ihnen, Herr Dr. Zörner, bedanken, denn wenn Sie nicht für ihn eingetreten wären, würde er im dritten Wahlkörper der Gegenpartei nicht als Candidat nominirt worden sein. Von diesem Wahlkörper ist er richtig als Gemeindeausschuß gewählt worden, während er im ersten Wahlkörper, für welchen ihn seines Vaters Partei als Candidaten nominirt hatte, in der Minorität geblieben war, also nicht gewählt erschien.

Emma.

Ja, auch ich verdanke dem Dr. Zörner mein ganzes Glück; ihm ist es zuzuschreiben, daß er es verstanden, den

Dr. Lebrecht Vater zur Zurückziehung der Injurienklage gegen meinen Vater zu bestimmen, sowie auch mein Vater von der gerichtlichen Verfolgung der Klage gegen Balthasar Mayer zurückgetreten ist.

Frau Wellerberg.

Herr Dr. Zörner ist der Friedensengel unserer Stadt. Er versöhnt nicht nur die Väter und Mütter unter einander, sondern auch deren Kinder mit einander.

Dr. Zörner.

Ich danke Ihnen, gnädige Frau, für Ihre Lobeshymne; der Friedensengel steht hier an meiner Seite (auf Emma deutend), ich bin allerdings glücklich, daß meine Berechnung diesmal mit einer harmonischen Lösung abschließt.

Helene (mit bebender wehmüthiger Stimme).

Vater, darf ich Dich nun an dein Wort erinnern, daß Du mir Deinen Entschluß wegen der Wahl meines Herzens nach der Wahl des Gemeindevorstandes eröffnen werdest? Vater, kannst Du jetzt, wo Dr. Egmont zum Bürgermeister gewählt ist, mir Deine Einwilligung noch versagen?

Dr. Wellerberg.

Ja weiß ich denn, ob Dr. Egmont auch den redlichen Willen hat, Dich als seine Frau heimzuführen? Egmont hat bisher bei mir um Deine Hand nicht geworben. Und jetzt, wo er zum Bürgermeister, zum Stadt-Oberältesten gewählt erscheint, werden wir sehen, ob seine Liebe zu Dir die Feuerprobe bestehen werde.

Dr. Zörner.

Dr. Egmont hat, soviel ich ihn kenne, keinen persönlichen Ehrgeiz. Wenn er die Wahl zum Bürgermeister angenommen hat, so geschah dies wohl zumeist in der edlen, reinen Absicht, die Parteien und Familien, welche seit Jahren in Zwist und Unfrieden gelebt haben, im Interesse der Wohlfahrt der Stadt zu versöhnen. Das erste Mittel

hiezu wird seine Bewerbung um die Hand der liebens=
würdigen Tochter des Herrn Dr. Wellerberg sein.

Emma (welche sich mittlerweile dem Fenster genähert hat und
hinauszieht).

In der That — da kommen sie ja schon geradenwegs
heran!

Dr. Wellerberg.

Wer?

Dr. Zörner (welcher zum Fenster eilt und hinausgrüßt).

Richtig; wer anders als die Familie Lebrecht, der
Herr, die Frau mit ihrem einzigen Sohne, ihrem Stolze,
ihrer Freude, dem neugewählten Bürgermeister!

Dr. Wellerberg.

Ah, das freut, das überrascht mich, daß die Familie
Lebrecht gerade in diesem Zeitpunkte unmittelbar nach der
Wahl mich und meine Familie mit ihrem ersten Besuche
beehrt.

8. Scene.
Vorige. Heinrich.

Heinrich.

Herr Dr. Theodor Lebrecht mit Familie!

Dr. Wellerberg.

Soll mir sehr willkommen sein!

(Heinrich ab.)

9. Scene.
**Dr. Theodor Lebrecht, Frau Lebrecht, Dr. Egmont, Dr. Weller=
berg, Frau Wellerberg, Helene, Dr. Zörner und Emma.**

Dr. Lebrecht sen. (im feierlichen Tone).

Herr Dr. Wellerberg, Sie gestatten mir und meiner
Familie Ihnen und Ihrer hochgeehrten Familie nunmehr,
wo ich die Bürgermeisterstelle nicht mehr innehabe, den
ersten Besuch machen zu dürfen. Ich reiche Ihnen hier offen
und frei die Hand zum Frieden, ja zum Bündnisse hin,
indem ich bei Ihnen und der Frau Gemalin in aller

Form um die Hand Ihrer liebenswürdigen Tochter, des Fräulein Helene für meinen Sohn Egmont bitte. Die beiden Kinder lieben sich bereits seit längerer Zeit, das bestandene unglückselige Verhältniß zwischen ihren beiderseitigen Eltern war ihrem Herzensbunde hindernd entgegengetreten, und fast hatte es den Anschein, als sollten ihre liebenden Herzen dem Moloch der Politik geopfert werden. Die Parteiverhältnisse haben sich glücklicher Weise geklärt, die Feindseligkeiten werden aufhören und verschwinden, sobald unsere beiderseitigen Familien sich ausgesöhnt und mittels eines Herzenstractats verbunden haben.

Dr. Wellerberg.

Ich ergreife mit Freude die dargebotene Hand zum Frieden und Bündnisse (die dargebotene Hand des Dr. Theod. Lebrecht ergreifend und drückend), es erfüllt Wehmuth und Freude zugleich meine Brust, indem ich hier öffentlich ausspreche, daß ich dem Herrn Bürgermeister Dr. Egmont Lebrecht mein bestes Kleinod, meine Tochter, mein einziges Kind, zur Gattin gebe und mit voller Beruhigung anvertraue.

Dr. Egmont (ergreift mit wonnigem Blicke die Hand Helenens und beide knien vor Dr. Wellerberg und seiner Frau).

O liebste Eltern, segnet unseren Herzensbund!

Dr. Wellerberg.

Der Himmel segne Euch, meine Kinder, und lasse Euch recht glücklich werden.

(Egmont und Helene erheben sich, Dr. Wellerberg umarmt und küßt Egmont, welcher der Frau Wellerberg die Hand küßt; Frau Wellerberg schließt ihre Tochter in die Arme und küßt sie wiederholt.)

Frau Wellerberg.

Sei glücklich, meine Tochter, mit Egmont!

(Dr. Egmont begibt sich dann mit Helene zu Dr. Theodor Lebrecht und dessen Gattin, und Egmont und Helene knien nieder.)

Dr. Egmont.

Auch Euch, beste Eltern, bitte ich um Eueren Segen für uns.

Dr. Lebrecht sen.

Der Allmächtige segne Euch und bleibet stets unsere guten Kinder!

Frau Lebrecht.

Komme Helene, meine Tochter, in meine Arme.

(umarmt Helene und küßt sie, Dr. Egmont erhebt sich und eilt mit offenen Armen zu Dr. Börner und umarmt diesen.)

Dr. Egmont.

All' dieses Glück, ich danke es Dir, meinem besten Freunde!

Dr. Börner.

Bis hierher wäre Alles gut gegangen, wir sind am Ende des Anfanges; meinen Dank, lieber Egmont, halte ich hier fest in meiner Hand, es ist Fräulein Emma, meine heißgeliebte Emma, meine Verlobte!

Helene (eilt zu Emma und umarmt sie).

O wie glücklich sind wir nun; Cumberland hat unsere Gedanken sehr richtig gelesen, nicht wahr, meine Freundin?

Dr. Egmont.

Morgen schon sollen unsere beiderseitigen Verlobungen kund gemacht werden, ist Dir's so recht, Fritz, Du Wunder=Doctor?

Dr. Börner.

Ob mir's so recht ist! Hoch lebe der neue Bürger=meister!

Emma.

Hoch die neue Bürgermeisterin!

Der Vorhang fällt.